# 숏컷
## SHORT CUT

**박하령 소설**

# 차례

폭력의 공식

그 누구도 내 말을 믿지 않겠지만 정말이지 난 싸우고 싶지 않았다. 결과가 모든 걸 말하고 있으니, 안 믿는다 한들 솔직히 뭐라 탓하기도 어렵다. 수완이의 한쪽 뺨이 벌겋게 부풀어 올라 똑바로 바라보기 힘들 지경이니까. 부풀어 오르기만 했는데도 얼굴이 완전 비대칭이어서 괴기스럽게 보였다. 그럼에도 불구하고 난 외쳤다.

"전 정말…… 싸우고 싶지 않았다고요!"

내 말에 샘은 눈을 동그랗게 뜨고 말했다.

"아, 그럼, 누군가 네 팔을 잡아당겨서 저절로 주먹이 나갔다, 뭐 그런 황당한 이야기를 하고 싶은 거니?"

"아니, 그건 아닌데……."

일이 벌어지기 이전의 스토리를 들어 주는 사람이 있으면 좋겠다는 마음이 너무 컸다. 왜냐하면 난 이 결과가 황당해 미칠 것 같으니까.

"그게…… 어떻게 된 거냐면요…….'

하지만 샘은 내 말을 얄짤없이 자르고 의자를 앞쪽으로 당겨 앉았다.

"얘, 변명은 나중에 듣자."

샘이 의자를 책상 쪽으로 바싹 당겨 앉는 바람에 뒤통수밖에 볼 수 없었다. 아무런 여지를 주지 않는 얄미운 뒤통수 덕에 갑자기 말할 의욕이 싹 사라졌다.

"임헌석, 너 왜 친구를 팼어?"

난 입을 꽉 다물고 허공만 바라봤다. 아무 말도 하고 싶지 않으니까. 싹퉁머리 없는 뒤통수에 대고 해야 하는 말은 정해져 있다. 뒤통수가 듣고 싶은 말, 즉 복잡 미묘하게 얽힌 마음 따위는 완벽하게 불순물이 되어 걸러진 채 뒤통수의 주인공이 원하는 팩트 위주의 말만 골라서 해야 한다. 육하원칙에 입각하여 아주 건조하게 말해야 하는데, 그건 진실과는 멀어질 게 뻔해서 말하고 싶지 않았다. 샘은 대답 없는 나를 한 번 힐끗 돌아보더니 본격적으로 빈정대기 시작했다. 입을 앙다문 내 모습이 눈에 거슬렸을 게다.

"어쭈구리! 입 닫겠다고? 수완이 아빠가 학폭위 열면 너 어쩔 건데? 일 벌여 부모님 오시게 하려고? 네가 우리 학교 전설인 네 누나들 얼굴에 먹칠하려고 아주 작정을 했구나."

누나들을 들먹이자 내 안에서 적개심이 활활 타올랐다. 샘들한테 한두 번 당한 비교질이 아니라서 더 짜증 난다. 하지만 그건 딱히 샘을 향한 것만은 아니다. 그냥 오래전부터 내 안에서 뭉쳐 있던 불만의 체증에 불이 붙어 미친 듯이 불길이 치솟는 것과 같다.

"헌석아, 샘이 초기에 진화해 주려고 애쓰는 거 안 보이니? 협조해. 셋 셀 때까지 입 안 열면 나 손 뗀다."

난 입을 더 야무지게 다물었다. 절대 입을 열면 안 된다. 내 안엔 적의가 활활 타고 있어서 지금 입을 떼면 욕이 튀어나올지도 모른다. 여기서 두 자리 숫자 욕이 입 밖으로 뱉어지면 상황은 걷잡을 수 없이 나빠질 것이다. 1 더하기 1은 2가 아니니까. 반 아이를 팬 놈이 샘에게 욕까지 한다면 죄는 계측하기 어려울 정도로 커져 가중처벌이 내려질 것이고 결국 난 엄청난 일에 휘말리게 될 것이다. 파도에 휩쓸린 기억이 있어서 잘 안다. 거대한 파도에 휘말리면 내 의지는 완벽하게 사라진다. 아니, 의지고 뭐고 간에 사람이 순식간에 점만 한 개미가 되어 버린다. 언젠가 개미 행렬에 종이컵으로 물을 왕창 들이부은 적이 있다. 개미는 그 물이 흘러내려 없어지기 전까지 바둥바둥하며 발이 땅에 닿는데도 도망치지 못하고 있었다. 난 그 꼴은 되고 싶지 않다. 샘은 한 손으로는 핸드폰 속 쇼핑몰 화면을 스크롤하면서 다소 심드렁하게 물었다.

"김수완이 너한테 먼저 무슨 짓을 한 거야?"

"……."

그랬을 리가 없다. 수완이는 그런 애가 아니다. 누군가를 공격하는 타입이 아니다. 늘 겁에 질린 채 눈을 내리깔고 다니는 바람에 차라리 누군가로 하여금 없던 공격 욕구를 일으키는 애다. 그만큼 만만해 보인다는 소리다. 만만해 보이면 화풀이 대상이 되기 쉬운 법이다. 나도 집에서 혼쭐이 나면, 바닥을 긁고 있는 내 존재감에 무력감까지 더해져 어쩔 줄 모르겠는 기분이 들어 우리 집 강아지 하몽이에게 화풀이를 한다. 한 번의 발길질에도 겁에 질려 꼬리를 말고 내빼는 하몽이를 볼 때 나란 아이의 존재감이 비로소 두드러기처럼 살살 부풀어 오르는 게 느껴진다. 그나마 내 힘을 느낄 수 있는 순간이니까. 어쩌면 그래서 나도 수완이에게 주먹질을 했는지도 모르겠다.

"아님, 너도 수완이 걔가 막 이유 없이 거슬리고 싫어? 다르게 생겨서? 그래서 그런 거야?"

"……."

아니다. 그렇지 않다. 거슬리기보다는 수완인 차라리 연민이 느껴지는 아이다. 물론 내 마음이 평화로울 땐 말이다. 수완이는 엄마가 파키스탄 사람이라서 눈이 지나치게 크고 깊은데, 어쩌다 가까이에서 파르르 떨리는 그 애의 긴 속눈썹을 보면 차라리 마음이 훅

하고 건너갈 적도 있다. 그렇다고 호기심이 들썩이는 그런 정도의 호감은 아니고 그냥 순박한 선의에 속한 마음 정도다. 아마도 할머니가 내게 자주 쓰는 표현 '짠한 마음' 그런 것과 비슷한 것이리라. 만약 수완이와 내가 한갓진 골목에서 단둘이 마주친다면 아마 난 주머니에 들어 있는 지구젤리를 건네거나 게임 이야기를 꺼내서, 잠깐이나마 거리를 좁혔을지도 모른다. 그리고 기회가 되면 '얌마! 쫄지 좀 마!'라고 어깨를 치거나 정겨운 훈수 정도는 됐으리라.

아! 실제로 언젠가 학교 하굣길에 아파트 놀이터 벤치에 혼자 앉아 있는 수완이를 본 적이 있다. 스파이더맨 그림이 그려진 무선 이어폰 케이스를 들여다보고 있기에 난 나름 호감을 표현하려고 툭 치며 "스파이더맨 멋진데? 너 닮았스" 하고 바로 지나갔었다. 완전 빈말은 아니었다. 아닌 게 아니라 수완이는 팔다리가 긴 편인 데다 미간이 넓어서 그런 인상을 주는 게 사실이다. 눈이 크고 약간 튀어나온 것도 그렇고. 내 말에 수완인 씩 웃었고 더불어 나도 웃으며 지나쳤다.

그렇다고 그 애와 친구가 될 생각은 절대 없었다. 솔직히 수완인 우리 반 '핵아싸'인데 괜히 친하게 지내다가 나까지 같이 묶이게 될지 모른다. 우리들 세계에서의 '끼리끼리'는 한번 묶이고 나면 그 흔적이 쉽게 사라지지 않는다. 그래서 신학기 때는 더더욱 누군가와 함부로 말 섞기가 조심스럽다. 감정이 흘러가는 대로 행동하기보다는 늘 교실의 분위기를 파악하는 게 먼저란 소리다. 어차피 학교란 데는 우리 맘대로 벗어날 수 없는 밀폐된 공간인 데다 일정 시간 운명적으로 공생을 해야 하니 기분 내키는 대로 행동할 수는 없다. 그래서 수완이에게 건네는 호의는 남들이 없을 때만 가능하다. 솔직히 사람이라면 누구든 줄을 타고 위로 오르고 싶지 추락하기를 기꺼워하지는 않을 테니 나의 이러한 생각에 딴지를 걸 사람은 없으리라. 사람은 누구나 자기 자신을 보호하고 싶어 한다. 당연한 생각이므로 비난받아서는 안 된다.

샘은 이런저런 질문으로 수완이와 싸운 이유를 물어 대지만 그 어느 것도 해당되는 게 없다. 대답 없는 나를 뒤에 세워 두고 여전히 폰을 스크롤하며 하나 마나 한 이야기를 한다.

"으휴, 그래도…… 친구랑 사이좋게 지내야지."

그 말은 태어나서부터 쭉~ 들어 와서 머릿속에 세뇌된 영혼 없는 관용구 중 하나다. 그건 말이 아니라 소리다. 그런데 '그래도라니? 내가 수완이를 싫어해서 이유없이 때렸단 말인가?' 샘은 제대로 된 리스닝조차 할 생각이 없는 것 같다. 난 정말로 수완이를 공격할 이유가 전혀 없었다. 그런데도 이런 일이 벌어진 원인을 가만히 생각해 보면, 이 일은 내 의지가 아니라 그냥 자연스러운 흐름에 의해 불가피하게 벌어졌다는 생각이 자꾸만 든다. 남들이 들으면 시답잖은 변명이라고 하겠지만 말이다. 마치 절벽의 제일 가장자리에 서 있던 펭귄이 뒤에서 미는 펭귄들 때문에 엉겁결에 먼저 바다로 떨어지듯이, 물이 모여 낮은 곳으로 흐를 수밖에 없듯이. 불가피하게 벌어진 일에 난 그냥 별 의미 없이 동원된 조연 배우라고나 할까? 적어도 내가 이 일의 주체는 아니란 생각이 자꾸자꾸 든다.

물론 누군가는 이렇게 말할 것이다.

"야! 임헌석, 니가 때리고 뭔 개소리야?"

우리가 싸우던, 아니 수완이가 나에게 일방적으로 맞던 장면을 동영상으로 찍은 아이들의 증거물을 보면 나의 이런 말이 더없이 뻔뻔스럽게 여겨지리라. 동그랗게 원을 그린 채 모여 선 아이들 한가운데 있는 건 안타깝게도 나와 수완이뿐이었다. 심지어 그 원은 너무나 동그랗기만 해서 어쩌다 한두 명 실수로라도 원 안으로 밀려온 아이조차 없었다. 하지만 동영상의 볼륨을 키워 보면 사정은 다르다. 아이들은 입을 모아 나를 격려하고 있었다. 아니, 단순한 격려가 아니라 구체적인 주문이 난무했다.

"헌석, 어퍼컷 어퍼컷, 왼손 가드 하고."

"헌똘, 날려! 날려!"

"헌석아, 옆구리 비었어."

왜 다들 내 이름만 불러 댔을까? 아니면 내 귀가 듣고 싶은 것만 들은 걸까? 분명 반 아이들은 모두 입을 모아 나를 불렀다. 덕분에 그 순간만큼은 내가 영웅이 된 것 같았다. 아이들의 넘치는 환호에 우쭐해졌고 주목받는 순간 황홀했으며, 그러므로 내가 날리는 주먹의 명분이 확실했다. 난 그 분위기에 취해 페달을 깊게 밟았고 이미 구르는 자전거 바퀴가 되어 버려 관성 때문에 멈출 수도 없었다. 처음엔 수완이도 맞고만 있더니 뒤이어 내게 방어 차원의 주먹을 내질렀고 난 또 답가처럼 날렸다. 우리는 그렇게 뒤엉켜 기브 앤 테이크로 주먹을 나눴다. 잠시 후 '이게 아닌데……' 하는 생각이 들었지만, 아이들의 환호가 극에 달해 도저히 멈출 수가 없었다. 그때 마침 지나가던 옆 반 샘이 뛰어들어 와 우리를 떼어 내는 바람에 고맙게도 간신히 멈출 수 있었다.

"야! 니들 뭐야, 안 말리고! 구경났니?"

애들을 보며 앙칼지게 소리치는 샘의 한마디에 아이들은 김샜다는 표정을 노골적으로 짓고는 서둘러 자기 자리로 갔다. 바닥에 주저앉은 수완이는 팔을 들어 눈물을 훔치기 시작했다. 아마 아파서라기보다는 외로워서였을지도 모르겠다. 내가 아이들 환호에 정신이 팔려 신들린 듯 잽을 날렸듯이 수완이는 반 아이들로부터 공격받고 있는 자기 위치가 극명해진 데 대한 외로움을 느꼈으리라. 서서 수완이를 내려다보는데 어이없게도 순간 죄책감이 울컥 솟구쳤다. 흥분이 미처 가라앉지 않아 어깨를 들썩이고 있어서 남들이 보기엔 내가 분해서 어쩔 줄 모르는 걸로 보였겠지만 사실은 절대 그게 아니었다. '이게 아닌데……' 하는 후회가 아주 분명하게 머리를 처들었다. 하지만 선뜻 인정하기엔 이미 너무 판이 커진 터라 차라리 그 감정을 모른 척해야 했다. '잠깐, 이건 아니야!'라며 방향을 돌릴 수 있으려면 흐르는 물줄기를 거슬러 올라가는 가열찬 용기가 필요한데, 내겐 그게 없었다.

느닷없이 전쟁영화의 한 장면이 떠올랐다. 상대가 다른 군복을 입었다는 것 하나만을 타깃 삼아 총질을 하던 앳된 군인의 겁먹은 표정. 두려움에 질린 그의 얼굴에 내 얼굴이 겹쳐졌다. 그들도 애초에 상대를 죽이고 싶은 마음은 없었으리라. 나도 수완이를 때리고 싶은 마음은 없었는데……. 하지만 그 뒤로 인과관계가 맞물리는 그럴싸한 생각이 이어지지 않았다. 아이들의 환호 속에 나는 또 배우의 역할을 해내야 하는 나로 돌아가야 했다. 군중 속의 나는 나일 수만은 없으니까.

잠시 뒤 교무실로 오라는 호출을 받고 나설 때도 몇몇 아이들은 내 어깨를 치며 격려했고 수완이가 지나갈 땐 코를 틀어막는 시늉을 했다. 사실 수완이네 집은 시장통에서 건강원을 하기 때문에 몸에선 늘 흐릿하게 한약 달이는 냄새가 나곤 했다. 그 냄새가 역겨울 정도는 아니지만 수완이가 근처에 있는지 없는지 알 수 있을 정도라 문제 삼기에 좋았다. 때론 문제란 문젯거리가 되어서 문제 삼는 게 아니라, 그렇게 만들기 위해 갖다 쓰면 되는 것이기 때문이다. 그때 누군가 큰 소리로 외쳤다.

"블랙 스완 스~멜 웰!"

그러자 몇몇 애가 키득거리며 따라 하기 시작했다. 다문화가정 아이들에 대한 이유 없는 공격이 얼마나 질 낮은 행동인가에 대해 수없이 교육받은 터라 그동안은 누구도 그걸 빌미로 놀리지는 않겠다는 최소한의 마지노선 안에 갇혀 있었는데 오늘 그게 무너졌다. 노골적으로 수완이를 공격하지 않던 아이들이 나와 싸웠다는 이유로, 내 편을 든다는 명분으로 대놓고 '블랙 스완'이라고 부르기 시작했다. 창문 밖으로 얼굴을 뺀 애들이 복도를 걷는 수완이에게 계속 '블스'라고 외쳐 댔다. 그런데 이상하게 난 그 소리가 너무너무 거슬렸다. 마치 삐죽한 막대로 내 등을 찔러 대는 기분이 든다고나 할까? 왜냐하면 집에서 불리는 내 별명과 너무 비슷해서다. 나역시 집에서 '블십'이라고 불리는데 혹여 아이들이 알게 되는 날에는 나와 수완이를 한데 묶겠구나 하는 두려움이 머리끝에서 삐죽 댔다. 아이들은 전혀 모르고 또 알 수도 없는 사실이건만, 난 '블스'와 내가 다르다는 걸 보이기 위해서라도 앞서가는 수완이에게 괜히 욕을 해 댔다.

"야, 개새끼야. 냄새나니까 빨리 꺼져!"

내 말에 수완이가 뒤돌아봤다. 눈물이 고인 채 커다란 눈망울로 나를 원망스럽게 바라보는데 순간, 수완이의 얼굴에 내 얼굴이 겹쳐졌다. 묘하게도 나를 보는 것 같은 기분이 들어 괴로워서 오히려 더 욕을 하게 되었다. 마치 통증에 몸을 비트는 것처럼, 내가 괴롭고 불쾌하고 두려운 만큼의 기분을 수완이에게 내던졌다.

"뭘 봐, 새꺄."

난 두려움의 포로가 되어 총질을 하던 어린 군인처럼 끝도 없이 욕을 날렸다.

"꺼지라고 개새꺄! 저리로 가, 새꺄!"

우리 학교의 전설인 쌍둥이 누나들이 나를 '블랙 십'이라 부르는지 정말 몰랐다. 엄마까지 더불어 셋이서 입을 모아 나를 그렇게 부르는 걸 알았을 때 처음엔 그냥 재미로 붙인 별명인 줄 알았다. 블랙 십, 해석하면 일명 '까만 양'인데 까맣다고 해도 양은 양이니까. 관용적 표현인 '어린 양'의 그 양이겠거니 했다. 다만 '내가 남자라 까만 양이라고 부르나?' 이렇게 혼자 해석했다. 할머니가 계실 때까진 내 맘대로 해석하고 내 멋대로 행동하는 게 허용되었다. 할머니의 절대적인 비호 아래 있었으니까. 그 어렵다는 명문대를 두 누나가 유난스럽지 않게 쓱 들어갔어도 할머니 세계에서 누나들은 '잘나 봤자 기집애들'이었고 난 하나밖에 없는 귀한 손자였다. 덕분에 난 특별 대접을 받고 자랐고 개구진 기질이 고스란히 잘 보존된 채 지낼 수 있었던 것 같다. 내가 아주 어릴 적엔 누나들 머리끄덩이도 별다른 어려움 없이 툭하면 잡아당긴 기억도 있다. 그러다 내가 중학생이 되던 해, 아빠가 지방으로 발령이 나면서 할머니도 같이 내려가게 되었는데 그 뒤로 처지가 달라졌다. 이전까지는 한 번도 느껴 보지 못한 금기의 선이 집 안 곳곳에 그어졌다. 삑 하면 누나들이 내게 지적해 댔고 삑 하면 엄마도 내게 소리를 질러 댔다. '야! 누가 내 책상 뒤졌어?' '이 도둑놈!' '니 건 니가 치우라고' '야! 안 나가?' '아, 드러워 진짜' '니 입만 입이니?' '으휴, 찌질이 닭대가리' 등등. 내가 몸만 움직여도 욕이 나오는 알람 기계가 설치된 기분이 들 정도였다. 참다못한 내가 할머니에게 다시 집으로 오라고 떼를 써 봤지만 그게 간단한 일이 아님을 알게 되었고, 집에 설치된 알람 고문 기계를 박살 내 달라고 하소연도 해 봤지만 그 역시 할머니나 아빠의 힘으로 절대 어쩔 수 없는 일이라는 걸 알게 되었다. 상황이 바뀌면서 모든 게 달라졌다. 어쩌면 난 권력의 희생양이 된 걸지도 모르겠다.

누나들에게 미운털이 콱 박히면서 최대한 알람이 울리지 않도록 조심조심 애쓰면서 살았다. 하지만 아무리 애를 써도 하루아침에 1에서 10으로 행동이 개선될 수는 없는 법. 1에서 2로 그리고 3, 4, 5로 가는 사이사이 나는 계속 욕 알람을 들어야 했고 그러는 동안 고약한 마음이 들어서 삐뚤어졌고 마침내 자포자기하듯이 마이너스의 세계로 뛰어들어 갔다. 한마디로 애쓰기 전보다 더 나쁜 상태로 갔다고나 할까? "안 그런다더니 또야?"라며 신경질을 내던 누나들은 급기야 입만 열면 뻥을 친다고 '입뻥'이라고 부르기 시작했다. '뻥쟁이'라고 낙인 찍혀 꼬리표를 달게 되면 그 순간부터는 뻥이 아닌 일은 할 수 없게 된다. 아니, 부담 없이 뻥을 치게 된다고나 할까? 낙인은 개선의 여지를 송두리째 없애는 일이건만 누나들은 나를 궁지로 궁지로만 몰았다.

그러던 중 안방에서 엄마와 누나들이 모여 나를 '블십'이라고 부르며 이야기하는 걸 듣게 되었는데 아무리 그럴싸하게 합리화를 하려고 해도 그들이 말하는 '블십'은 내가 짐작하던 바가 아니었다. 도저히 귀여운 까만 양으로 해석할 수 없는 진흙탕 같은 대화 속에 섞여 굴러다니고 있었다.

"블십, 완전 재수 없어. 쟤 아빠 있는 데로 보내 버려."

"가뜩이나 돌인데 학교는 어쩌라고?"

"똘빡이 어디서 다닌들 뭔 상관? 새는 바가지는 어디서도 새기 마련이니 걍 보내지?"

"블십, 걔 뻥을 어찌나 쳐 대는지…… 동네 망신, 집안 망신 다 쳐 바르고 다닌다고."

그 블십은 귀여운 까만 양이 아니라 천덕꾸러기, 망나니 그리고 자식 중에서 제일 못난 자식을 의미했다. 인터넷 검색을 해 보니 그렇게 버젓이 나와 있었다. 하얗고 보송보송한 우아한 양들이 모인 무리 사이에 혼자 꺼먼 털을 뒤집어쓴 못난 양. 그게 바로 나란 생각이 드니 기분이 더러워졌다. 그 뒤론 이상하게 모든 게 다 어긋나기만 했다. 나만 친자식이 아닐지도 모른단 근거 없는 상상에 힘이 실리자, 누나들의 신경질이 단순한 신경질이 아니라 나에 대한 증오처럼 여겨졌다. 내가 학원 가는 날만 골라 치킨을 시켜 먹은 게 절대 우연일 리 없단 짐작, 그리고 누나들이 경품에 당첨되었다고 자랑하던 백화점 상품권이 어쩌면 엄마가 누나들에게만 주었을 거란 의혹을 씻을 수가 없었다. 더 이상 애쓰고 싶지 않았다. 그래서 집에 있는 선이란 선은 다 짓밟고 들이박고 엄마한테 대들고 누나들과 싸우고 좌충우돌을 일삼았다. 어차피 블십인데 뭐…… 이런 마음이 들었으니까.

이상한 외로움에 살갗이 버석거리는 기분이 들기도 하고 내 존재에 구멍이 난 것 같아 미칠 것만 같았다. 너무 괴로운 나머지 내가 자주 들어가는 사이트에 고민 상담 비슷하게 적어 보기도 했다. 누군가는 그냥 사춘기 호르몬의 장난이라며 곧 지나갈 거라고 말했지만 아무런 위로가 되지 않았다. 다들 남의 말은 참 쉽게들 한다. 나를 할퀴고 지나가 상처가 남는다면 절대 장난일 수는 없는 거 아닌가? 난 내가 망가지고 있다는 걸 어렴풋이 느꼈다. 원래 공부에 흥미도 없었는데 더더욱 확실하게 공부에 집중이 되지 않았다. 괴로운 현실을 잊기 위해선 성과가 잘 드러나지 않는 공부보다는 시간을 투자하는 만큼 점수가 올라가는 게임이 최고였다. 짧은 순간이나마 위로가 되니까. 게다가 유난히 암기력이 뛰어난 머리 좋은 누나들과 같이 있다 보면 '공부란 것 자체가 할 수 있는 사람이 따로 존재한다'는 말이 떠올라 공부에 대한 의욕 자체가 사라졌다. 경쟁력 없는 일에 에너지를 소모하느니 딴 길을 찾는 게 합리적이지 않을까 하는 생각이 들어 아예 공부와 인연을 끊고 싶어졌다. 하기 싫어 안 하니 못하고, 못하니 더 하기 싫고……. 벗어날 수 없는 악순환이 계속되었다.

게다가 누나들이 쌍둥이인 것도 내 목을 조이는 데 한몫을 했다. 쌍둥이를 형제자매로 둔 사람들이라면 내 말에 아마 오백 프로 공감을 할 것이다. 그들은 태어나기를 한편으로 태어나서 늘 한패로 다니면서 힘을 과시한다. 우린 삼형제여도 1 대 1 대 1이 아니라 늘 2 대 1이라 언제나 내가 열세다. 특별한 일이 아니고서는 거의 둘은 의견이 일치된 터라 나에게 공격할 일이 생기면 둘이 일제히 서라운드로 공격하지, 누구 하나 내 편을 들어주는 예가 없었다. 아니, 어쩔 땐 나를 적으로 삼으면서 둘이 더 돈독해지는 것 같단 생각이 들 때도 있다. 아무튼 집에서 한없이 내몰려 밖으로 헤매고 돌아다니던 중에 이런 일이 생겼다. 그동안 난 주먹질 한 번 해 본 적 없었는데…….


그날 점심시간 쯤에 경준이가 에어팟이 없어졌다고 떠들어 대기 시작했다. 요즘 에어팟은 흔할 대로 흔해진 물건이고 너나없이 다 쓰는 편이라 그다지 주목받을 만한 사건은 아닌데 경준이 건 최신 형이라서 호들갑을 떠는 바람에 나 역시 집중하게 되었다.

"아까 화장실서 블스와 마주쳤는데 케이스 들고 있던데? 혹시?"

"블스가 에어팟이 있다고? 설마······."

"있던데?"

"혹시······ 함 뒤져 볼까?"

경준이와 현배가 떠드는 소리에 별생각 없이 뒤돌아본 게 화근이었다. 하필 경준이와 눈이 딱 마주쳤는데 경준이는 입술로 수완이를 가리키며 내게 복화술로 말했다.

"뒤져 봐."

무슨 뜻인지 몰랐다. 그땐 블스가 누구인지도 몰랐으니까. 아니, 완벽하게 못 알아듣는 척하고 그 상황을 피했어야 하는데, 애석하게도 경준이는 벌떡 일어나 책상 위에 엎어져 자고 있는 수완이를 손가락으로 가리키며 주머니를 뒤져 보라고 내게 말했다. 마침 4교시가 체육 시간이라 의자엔 수완이의 교복이 걸쳐 있었다. 거부할 수 없었다. 왜냐면 경준이를 비롯해 현배, 세혁이, 기섭이 등 우리 반에서 핵인싸로 불릴 만한 아이들이 일제히 나를 바라보고 있었기 때문이다. 그냥 바라보는 정도가 아니라 그 애들은 마치 나와 오래전부터 한편이었다는 식의 정겨운 표정을 지어 보이며 일제히

파이팅 주먹을 휘둘렀다. 솔직히 그때 난 그 애들의 친한 척에 약간 설렜다. 걔들은 뒷자리에 앉아 있고 수완이와 제일 가까운 자리에 앉은 내게 이런 부탁을 하는 게 모양새가 크게 나빠 보이진 않았다. 다시 말해 내가 그 일을 하는 게 그다지 자존심에 금이 갈 만한 일은 아니란 소리다. 게다가 그들이 소리 내지 않고 입 모양만으로 내지르는 함성은 교묘하게 진한 연대감을 이뤘다.

"헌석이 형아, 언~ 능 뒤져 봐."

형이라고? 유머까지 얹어 친한 척하면서 나를 포함해 뭔가를 하자고 저렇게 힘주어 이야기하는데 어떻게 거절을 한단 말인가? 남의 주머니에 몰래 손을 넣어 뒤적질을 한다는 게 쉬운 일은 아니지만, 그래도 다른 아이들이 다 같이 지켜보고 있으니 죄의식은 들지 않았다. 나도 모르게 팬터마임을 하는 사람처럼 발끝으로 일어나 소리 없이 조심조심 수완이의 주머니에 손을 넣었다. 교복 바지 주머니부터 손에 잡히는 것을 하나씩 꺼내 보이기 시작했다. 오른쪽 주머니에서 잡힌 종이를 꺼냈다. 꼬깃꼬깃 접힌 종이를 펴 보니 흑염소 사진이 크게 찍힌 건강원 홍보 전단지였다. 내가 그걸 펴 보이며 '수완이 증명사진'이라고 하자 아이들은 키득거리고 웃었다. 그리고 뒤이어 나온 3G 폴더폰. 내가 폴더를 펴서 귀에 대 보는 시늉을 하자 아이들은 자지러졌다. 물론 소리 내지 않고 표정으로 키득대면서 말이다. 사실 처음엔 정말 내키지 않았지만 내가 하는 행동마다 아이들이 환호하며 추임새를 넣자 신이 나기 시작했다. 아무리 시시껄렁한 행동이라 해도 사람은 자기 존재에 공감해 주는 사람에게 반응하기 마련이다. 최근 들어서 내가 이렇게 지지받고 존중받아 본 적이 있던가 싶을 정도여서 마냥 들떴다. 마음이 간질간질, 얼핏 행복한 기분도 들었다.

처음엔 네 명이었던 아이들이 점점 늘어나 열댓 명이 나의 행동에 집중하기 시작했다. 난 좀 더 과감하게 수완이의 옷을 들어 행위예술을 하듯 한 바퀴 돌려 보이기도 하면서 주머니를 뒤졌다. 꼬질꼬질한 손수건, 마스크, 입 냄새 제거 스프레이, 정체불명의 연고, 오천 년 전 유물 같은 통가죽 지갑 그리고 마침내 교복 윗도리 안주머니에서 에어팟 케이스가 나왔다. 스파이더맨 에어팟 케이스를 손끝으로 들고 흔들자, 아이들은 환호했다. 난 고개를 갸웃해 보였다. 폴더폰에 에어팟은 어울리는 품목이 아니라서 양손에 폰과 에어팟 케이스를 들고 고개를 갸우뚱갸우뚱하는 품새를 지어 보이자, 급기야 아이들은 책상을 두들기며 웃기 시작했다. 그때였다. 누군가 내 손의 물건을 낚아챘다. 돌아보니 그사이에 수완이가 깨서 콧구멍을 벌렁대며 씩씩거리고 있었다.

"야! 왜 남의 주머니를 뒤져? 너 도둑이야?"

수완이가 낚아챌 때 긁힌 팔목에서 통증이 느껴져 짜증이 났지만 무엇보다 도둑이란 말에 발끈했다. 다른 애도 아니고 수완이에게 그런 말을 들었다는 게 자존심이 상했다. 왠지 수완이는 그런 말을 할 주제가 아니라는, 그 애를 무시하는 마음이 내 안에 깔려 있었던 것 같다. 평상시의 수완이라면 마냥 머뭇거리기만 해야 하는데 감히 내게 화를 낸 게 좀 어이없다고나 할까? 더더군다나 애들이 보고 있으니 쪽팔리기도 해서 난 억지를 부렸다.

"도둑은 네가 도둑이지?"

"내가 무슨?"

"야! 그 꼬진 폰에 에어팟이 가당하기나 하냐? 그러니 그건 누구 거일까?"

"이거 내 거야."

"네 것이라는 증거 있어? 말이 안 되잖아? 증거를 대 봐."

어쩌면 수완이가 도둑이 아니란 걸 알고 있기에 편하게 내뱉은 말일지도 모른다. 곧 풀릴 오해이고 어차피 수완이의 그 에어팟 케이스는 나도 전에 본 거니까, 그러니 난 더 이렇게 어깃장을 놓고 있는 거다. 다만 내가 하는 행동의 일거수일투족은 이 상황을 지켜보는 반 아이들을 의식한 행동일 뿐, 엄밀히 말해 수완이를 향한 공격은 아니다. 좀 더 오래 주목받고 좀 더 확실히 지지받고 싶다는 욕구가 시킨 일이랄까? 나는 나름 스토리 있는 행동을 하고 싶었다.

"아냐, 이…… 이건 내 거야."

수완이는 에어팟 케이스를 체육복 바지 주머니 안에 넣고 옷 밖으로 주머니를 움켜쥐었다. 초딩이나 할 법한 행동을 하다니……. 한층 더 얄잡아 보고 싶어졌다.

"어라? 이리 줘 봐."

뒷자리에 앉아 있던 나머지 아이들마저 스멀스멀 다가와서 동그랗게 서 있었다. 다들 기대에 찬 표정이라 난 이에 한껏 부응하고 싶어졌다.

"이리 달라고……."

수완이는 겁에 질린 표정과 목소리로 버벅거린다.

"너…… 왜 그래?"

"구경 좀 하자고."

난 수완이의 바지 주머니를 잡아당겼다. 그냥 그런 시늉만 해 보일 생각이었다. 아니, 그거라도 해야 할 것 같았다. 아이들이 바라보고 있으니까. 그런데 수완인 마치 궁지에 몰린 것처럼, 아니 마치 진짜 도둑질이라도 한 애처럼 나를 밀쳐 내면서 바지 주머니를 한껏 더 움켜쥐었다. 그 행동은 아이들을 자극해 마침내 '우!' 하고 떼창을 지르게 했다. 아이들의 '우' 소리에 나는 물론 그곳에 있는 아이들 모두의 심장은 거칠게 뛰었다. 그런 의미에서 아이들은 단순한 구경꾼도 방조자도 아니었다. 싸움을 일껏 북돋는 동조자인 것이다. 아니, 난 오히려 내가 한 마리 일용직 아바타가 된 기분마저 들었다.

"애들이 보자고 하잖아. 니 건데 뭘 못 보여 줘? 아! 니 거가 아니라 못 보여 주나?"

수완인 눈을 껌뻑이며 내게 말했다.

"접때 공원에서 네가 그랬잖아. 이거 나 닮았다며 멋지고. 너 그때 이거 봤잖아."

수완인 과거의 기억을 상기시키려고 한 말이지만 이렇게 공개된 장소에서 듣자니 정말 뉘앙스가 묘했다. 섣부른 오해를 불러일으키기에 적합한 말이었다. 수완인 해서는 안 될 말을 한 거다. 역시 현배가 곧바로 반응했다.

"뭐야! 너희 공원에서 서로 멋지고 말해 주는 그런 사이야?"

현배를 위시해 몇몇 애들이 '오~~올' 하며 괴성을 내자, 갑자기 마음이 조급해졌다. 거짓말이라도 해서 얼른 이 분위기를 가라앉혀야 했다. 이런 걸 임시변통이라고 하지 않나? 엮이면 안 된다는 중차대한 과제 앞에서 난 땜빵용 거짓말을 했다.

"내가 언제 너랑 공원에 있었어?"

"네가 그랬잖아? 나한테 스파이더맨 닮았다고……."

키득대다 못해 배를 잡고 웃는 애들과 그 와중에 '스파이더맨이 애인이 있니?'라고 묻는 아이. '유부남일걸?' 이렇게 봉창을 두드리는 아이. 이야기는 이상한 쪽으로 흘러갈 조짐이 보였다. 난 정색을 했다.

"이게 미쳤나? 내가 언제 그랬어?"

난 그냥 수완이가 에어팟을 꺼내 보여 주고 이 상황이 여기서 끝나길 간절히 바랐다. 그런데 수완인 자꾸만 나와 만난 사실만을 계속 거론했다. '야, 이 미련한 놈아! 분위기 파악 쫌 하라고!' 속으로는 수완이를 안타까워했지만 마음과 달리 입 밖으로는 잔인한 말이 나갔다.

"야, 내가 너같이 더러운 놈이랑 말을 왜 섞어?"

수완이는 '더러운 놈'이란 말에 충격을 먹은 듯이 입을 벌렸다. 슬픈 눈이 되더니만 낮은 목소리로 말했다.

"너…… 이제 보니…… 완전 뺑쟁이구나."

"뭐, 뺑쟁이?"

집에서 듣던 말을 수완이에게서 듣자 이성을 잃었다. 대차게 날린 내 주먹이 수완이의 안면을 강타했다. 연타로 두 방 또 한 방. 뒷걸음치는 수완이를 향해 두 발 뛰기로 걷는 까치처럼 경쾌하게 따라가며 또 한 방. 그렇게 주먹질이 이어졌다. 누구 하나 말리는 아이는 없었다. 다들 돈 내고 자발적으로 격투기장에 구경 온 방청객처럼 신이 나서 환호했다.

"라이트, 레프트, 턴! 턴!"

"헌뚤, 날려! 날려!"

수완이가 미워 죽겠어서가 아니라 주먹을 날리는 그 순간, 내 존재가 느껴졌다. 누군가를 제압하는 힘, 그 힘이 불러오는 열기, 살아 있음의 증거, 흔적도 없이 배경화면에 묻히지 않는 존재감 있는 나. 내 존재는 확실하다. 고로, 나는 블랙십이 아니다.

결국 교무실로 갔을 때 대강의 스토리를 들은 교무주임은 끝까지 안 뺏기려고 안간힘을 쓰며 주머니를 움켜쥔 수완이를 제압해 에어팟 케이스를 열어 봤다.

"엥, 이거 뭐꼬?"

이상한 콧소리를 지른 교무주임은 수완이가 경준이의 에어팟을 훔치지 않았다면서 아낌없이 수완이 편을 들어주었다. 그렇게 해서 사건의 1단계는 마무리되고 수완이는 일방적인 피해자로서 양호실로 갔고, 나는 오지라퍼 가해자로서 학생부실로 향해야 했다. 이렇게 우리는 완벽하게 분리되었다. 나중에 들은 바에 의하면 수완이의 에어팟 케이스 속엔 놀랍게도 에어팟이 없었단다. 대신 그 자리에는 삼등분으로 자른 키 작은 면봉이 에어팟인 양 들어앉아 있었단다. 얼핏 보면 에어팟을 닮은 하얀 머리의 면봉. 에어팟을 흉내내고자 한 건 절대 아니고 콧속 염증에 바르는 연고용 면봉을 청결하게 보관하려고 넣은 거란다. 어쩌다 빈 에어팟 케이스를 주워서 그렇게 활용한 것뿐이라고. 애들이 보면 놀릴 게 뻔해서 보여 줄 수 없었다는 슬픈 뒷이야기를 전해 들었다.

어쨌거나 다행히 수완이 아빠는 학폭위를 열지 않았고 덕분에 난 가벼운 징계를 받는 걸로 사건은 마무리되었다. 징계라고 해 봐야 벌점과 화장실 청소가 고작이었는데 어차피 난 성적이나 학적부 이력에 큰 관심이 없던 터라 벌점은 그리 가혹하지 않았고 청소 역시 물만 뿌려 대면 되는 거라 그렇게 고통스럽지 않았다. 물론 마무리로 제출해야 하는 반성문은 큰 고역이었다. 내용이야 인터넷에 돌아다니는 반성문 샘플을 참고하면 되는 거라 별로 어렵지 않았으나 손가락으로 찍지 않고 모처럼 종이에 볼펜으로 직접 한 자씩 긴 글을 눌러쓰는 게 어찌나 힘이 들던지……. 그 일을 제외한 나머지는 어려울 게 하나도 없었다.

아이러니하게도 오히려 인사 받기에 바쁠 지경이었다고나 할까? 그렇게 끝난 게 정말 다행이라고 다들 나를 격려했고 심지어 쌍둥이 누나들조차 '운 좋은 줄 알아라' '변호사 비용까지 들게 했으면 넌 죽음이었다'라며 다소 어색한 안도의 미소를 지어 보였는데 난 무슨 상이라도 탄 기분이 들 정도였다. 정말 이상한 건 다들 내가 한 행동에 대한 이야기보다는 후반부의 일 처리에만 집중하는 분위기라는 점이었다. 그 누구도 수완이에게 직접 사과하라고 내게 종용하는 사람도, 그런 의식을 치르는 기회조차도 없었다. 샘들도 벌점 처리와 반성문 제출에만 방점을 찍었지 수완이에 대해서는 별 이야기가 없었다. 심지어 피해자는 수완인데도 반성문은 샘이 받았다. 마치 학교 안에서 소소한 물의를 일으킨 것에 대한 배상을 학교에 해야 하는 것처럼 말이다.

난 그 대목이 약간 찝찝했다. 똥 싸고 밑은 닦지도 않은 채 바지를 허겁지겁 추켜 입은 것처럼 개운치 않았고 뭔가 석연치 않은 느낌이 내 목을 은근하게 조였다. 전처럼 공원 길에서라도 수완이와 마주친다면 사과할 생각은 있었는데 도무지 그럴 기회가 없었다. 어쩌면 수완이가 나를 피해 다니는 걸지도 모르겠단 생각이 들었다. 나에게 더 이상 아무 희망을 걸지 않고 '넌 도둑이고 뻥쟁이며 주먹질하는 놈이다'로 결론지은 걸지도 모르겠다. 정말로 수완이가 나를 그렇게 생각하고 있을 것 같아서 정말 싫었다. 그래서 다들 잘 끝났다고들 하지만 난 이 일은 끝이 안 난 것 같은 기분이다. 그리고 이 일은 나와 수완이만의 일이 아닌 것 같단 생각도 자꾸만 들었다.

내가 비록 주먹질은 했지만, 난 나쁜 애가 아니고 블십도 아니란 증거를 보이기 위해서라도 뭔가를 해야 할 것만 같았다. 뭔가 밝고 맑고 건전한 결론과 교훈을 내 몸에 새기고 반성도 하고 수완이에게 사과도 하고 그러면서 새로운 하루를 경쾌한 마음으로 맞이해야 할 것 같은데⋯⋯. 그래야 내가 진, 실, 로 '까만 양'이 아니라 '하얀 양'이 될 수 있을 텐데⋯⋯. 나의 줏대 없고 의미 없는 주먹질이 반복되지 않으려면 그럴싸한 마무리가 있어야 할 것만 같은데⋯⋯. 다들 잘 끝났다고 인사만 건넸다.

뭔가 잘못된 게 아닐까? 뭔가 이상한 거 아닌가? 아니면 이런 생각을 하는 내가 이상한 걸까? 정말 큰맘 먹고 학원 옆자리 친구 놈에게 이 이야기를 진지하게 풀어놨는데 그 애는 다 듣고 나더니 아주 간단명료하게 답했다.

"이상하면 치과 가 봐."

놈은 내 이야기를 듣지 않은 게 분명했다. 손으로는 연신 핸드폰을 스크롤하는 중이었으니까. 하긴 요새 애들은 원래 긴 이야기는 잘 안 듣는다. 하물며 전후좌우가 애매한 이야기를 이해할 턱이 없다. 말하는 나만 진지충으로 남을 게 뻔하다.

하지만 난 진심으로…… 이상할 때 치과 말고, 가서 물을 수 있는 데가 어디 한 군데쯤 있었음 싶다.

'정말, 이렇게 끝나는 게 맞는 건가요?'

• 수록 작품 발표 지면 …… 〈문장 웹진〉 2020년 9월호

숏컷

무언가를 선택해야 하는 문제는 늘 어렵다. "어느 것을 고를까 알 아맞혀 보세요"라고 흥얼거리며 짚어 낼 수 있는 일이 아니라서 생 각에 생각을 거듭해 보지만 쉽지 않다.

느닷없이 어릴 적 일이 떠오른다. "넌 엄마가 좋아, 아빠가 좋 아?" 친할머니가 내게 물었다. 엄마 아빠가 버젓이 내 앞에 앉아 있 는데도 말이다. 정말 난감했다. 엄마나 아빠 둘 중 한 사람이 손사 래를 치며 "어머니, 그러지 마세요" 하고 질문 자체를 없애 주길 바 랐지만 애석하게도 그러지 않았다. 두 분은 입가에 미소를 띠고 기 대에 찬 표정으로 내 입만 바라봤고 심지어 아빠는 "두구두구두구" 하며 효과음까지 냈다. 자존심 때문에 둘 다 좋다고 답할 수는 없었 다. 왜냐하면 친할머니가 이 문제를 내기 직전까지 난 학습지에서

'좋아하는 것을 골라 보세요' 같은 문제들을 풀고 있었기 때문이다. 군이 고르라는데 둘 다 고를 수는 없었다. 그래서 땀이 삐질삐질 나던 기억이 생생하다.

지금도 그렇다. 주이수와의 관계에서 갈림길 앞에 서 있다. 둘 중 하나를 골라야 한다. 문제는 짜장과 짬뽕을 고를 때처럼 단순히 나만의 호불호로 끝나는 일도 아니고 엄마 아빠의 예처럼 뒷수습이 가능한 일도 아니라는 거다. 나의 선택에 뒤따르는 엄청난 결과를 내가 오롯이 껴안게 된다고 생각하니 부담감에 다리가 꼬이고 살살 배가 아파 왔다. 일단 화장실로 먼저 뛰어갔다. 긴장하면 신체 부위 가운데 항상 장이 먼저 반응했다. 변기 위에 앉아 다시 어릴 적 기억을 떠올려 봤다.

그날, 할머니가 낸 문제에 고심 끝에 답했다. 문제의 초점을 흐리며 "난 할머니가 좋아"라고. 내 대답에 세 사람 모두 소리 내어 웃었고 상황은 가까스로 해피엔딩이 됐다. 지금도 그렇게 할 수만 있다면 좋겠지만 이 문제는 초점을 흐릴 만한 대상도 없고 또 초점을 흐려서도 안 되는 중요한 일이었다. 나 하나로 끝나는 문제가 아니라 앞으로 내가 살아갈 세상에 관한 문제라고나 할까?

아무튼 그 어느 때보다도 평화롭게 지낼 수 있는 주말에 내가 왜 이런 갈등을 해야 하는지 가혹할 따름이다. 화장실 거울에 비친 나를 보니 안쓰러웠다. 뒷머리를 시원하게 쳐 낸 숏컷 스타일 덕에 얼굴은 입체적으로 도드라져 보였지만 요 며칠 잠을 못 자서인지 눈은 유난히 퀭하고 목은 휠 듯이 가늘어 보였다. 오래 입어서 아래로 축 처진 티셔츠의 목선 아래로 빈약한 쇄골마저 툭 불거진 느낌이다. 맞다! 이 일의 시작은 바로 내 머리 스타일 때문인지도 모른다. 손다연이 우리 반 아이들 중에서 굳이 나를 찜해서 교문 앞에서 기다린 건 바로 내 인상 때문이라고 했으니까. 다연이가 그랬다.

"뭐랄까, 네 숏컷이 인상 깊었어. 카리스마 작렬이었거든"

아니, 내가 의도한 바는 절대 그게 아니라 주이수 때문에 숏컷을 한 건데. 어쨌거나 그렇게 따지면 '숏컷'이 모든 문제를 촉발시켰다.

*

손다연과 처음 이야기를 나눈 것은 학기 초 야자 시간이 끝난 후였다. 평소엔 미리 가방을 싸 놓고 종이 울리기 무섭게 튀어 나갔지만, 그날은 졸다가 필통을 바닥에 쏟는 바람에 여기저기 흩어진 서른 개가 넘는 필기구들을 줍느라 반에서 제일 늦게 교문을 나섰다. 항상 교문 앞에는 부모님이나 학원 차량이 늘어서 있어서 잘 몰랐는데, 그날은 다들 빠져나간 뒤여선지 무서울 정도로 사위가 어두웠다. 교문을 나서자마자 어둠 속에서 누군가가 튀어나와 내 앞을 가로막았다. 손다연이었다.

"승아야, 얘기 좀 할 수 있어? 의논하고 싶은 게 있어서……."

난 반장도 아니고 1등을 하는 아이도 아닌 데다 그렇다고 친구가 많아서 자연스럽게 아이들의 이목을 끄는 아이도 아니건만 왜 굳이 나에게 의논을 하겠단 건지 의아했다. 하지만 일단은 그냥 따라 갔다.

학교 근처 아파트 벤치에 앉자마자 거두절미하고 다연이가 꺼낸 이야기는 말 그대로 고민 상담이었다. 물론 처음 서두는 "내 친구 이야기인데……" 하며 말을 꺼냈다. 자기 친구가 같은 반 남자애들 하고 길에서 우연히 마주쳐서 재미나게 놀았는데, 노래방에서 춤춘 장면을 아주 교묘하게 편집해서 남자애들끼리 돌려 본다며 어찌해야 할지 모르겠다고 말했다. 다연이는 친구 이야기라며 내게 둘러 댔던 걸 그새 까먹은 건지 눈에 눈물이 그렁그렁한 채 나를 바라보며 어떡하느냐는 말을 반복했다. 난 시간 절약 차원에서 정공법으로 말했다.

"같은 반 친구라면…… 우리 반 놈들이네?"

내 말에 다연이는 토끼 눈이 되어 팔을 휘둘렀다.

"아니, 아니, 그게 아니라……."

"됐고! 대체 누구야? 그런 놈은 잡아 족쳐야 해. 나쁜 놈!"

그러자 다연이는 내 팔을 잡고는 눈물을 펑펑 쏟았다. 그동안 마음고생이 심했던 모양이다. 그런데 다연이의 울음이 길어지자 살짝 걱정스러워지기 시작했다. 왜냐하면 그 이야기를 듣고 격분은 했지만 그렇다고 나 역시 뾰족한 대안이 있는 것도 아니었기 때문이다. 하지만 다연이는 아예 내 손까지 잡고 매달렸다.

"승아야, 나 좀 도와줘. 걔들 좀 잡아 줘."

다연이의 처지를 공감하기에 격렬하게 분개했을 뿐, 내가 직접 잡겠다고 한 건 절대 아닌데 다연이는 뭔가 오해를 한 것 같았다. 그렇다고 바로 거절할 수는 없어서 입을 다물고 있었다.

"도와줄 거지?"

"내 친구 이야기인데……"라고 시작하는 서두에 적극 동참했어야 했다. 그랬으면 그냥 적당한 거리에서 친구의 친구로서만 이야기를 나누고 헤어질 수 있었다. 급한 성격이 또 발목을 잡았다. 전후 사정을 다 듣고 나서 어떻게 도와줄지를 잠시 고민해 봤지만 솔직히 난감했다. 왜냐하면 상대는 한두 명이 아니라 이미 익명의 다수인 것 같았다. 다시 말해서 발화 지점만 찾아내서 짓밟아 끄면 상황이 종료되는 불이 아니라는 뜻이다. 적당한 바람과 습도로 지지받고 맘껏 퍼져 가는 뒷산의 산불처럼 상황은 이미 걷잡을 수 없이 번지고 있었다.

양동이로 몇 번 물을 퍼부어 끝날 불이라면 나 역시 얼마든지 뛰어다니며 불을 끌 의향이 있었지만 산불이라면 나로서는 역부족이다. 하지만 다연이는 제발 도와 달라며 매달렸고 덕분에 내 마음은 무거워졌다. 쉽게 발을 뺄 수 없는 늪에 이미 한쪽 발을 담근 듯한 불길함이 느껴졌다고나 할까?

사실 난 적당히 이기적인 캐릭터다. 오지랖이 넓어 섣부르게 설레발치거나 호기 내지는 어설픈 명예욕으로 남의 일에 앞장서는 일은 절대 하지 않는다. 그런데 왜 하필 나를 선택했냐고 차라리 다연이에게 따지고 싶을 지경이었다. '나한테 왜 그래?' 이럴 때 엄마가 전화라도 해서 서둘러 귀가하라고 채근하면 핑계 삼아 이 자리를 뜰 수 있을 텐데 오늘따라 엄마는 톡조차도 안 한다. "개똥도 약에 쓰려면 없다"라는 속담이 저절로 떠오르는 순간이다. 내가 집에 가야 할 시간인 걸 알리기 위해 폰을 들고 시계를 보자 다연이가 다급하게 말을 이었다.

"우리 학교에 내 사촌이 다니거든. 남자애들 사이에 그 동영상이 돌기 시작했으니 걔가 보는 건 시간문제고⋯⋯. 그렇게 되면 난 집에서 쫓겨날 거야. 아니, 아빠한테 바로 맞아 죽을지도 몰라. 우리 아빠는 늘 말보다 주먹이 우선이거든. 요새 피가 바짝바짝 마르는 거 같아."

"사촌이 남자애면 걔한테 도와 달라고 하지?"

"말이 사촌이지 남보다도 못한 사이라⋯⋯. 우리 집이랑 라이벌 같은 관계거든."

"그럼, 그날 같이 논 애들한테는 말해 봤어?"

"당연히 얘기해 봤는데 다들 오리발이야. 난 정말 애들이 찍는 줄 몰랐어. 다들 항상 폰을 쥐고 있잖아. 그래서 상상도 못 했지."

산 넘어 산이었다. 할 수 없이 중학교 동창 중에 입 무겁고 진지하기로는 당할 자가 없는 민혁이에게 한번 알아보겠다며 약속하고 헤어졌다. 일단 상황을 파악하고 뒷일을 도모하자며.

풀기 힘든 숙제를 받아 온 것 같아 집에 와서도 마음이 영 찜찜했다. 거절했어야 하는데 그러지 못한 내가 바보 같다는 생각이 들었다. 아니, 인지상정상 거절까지는 아니더라도 헤어지기 직전에 적어도 나만 믿으라는 말은 뱉지 말았어야 했는데 어쩌다 그 말까지 해 버렸으니. 새삼 내 자신이 실망스러웠다. 내가 이렇게까지 분위기에 잘 휩쓸리는 사람인지 처음 알았다. 제발 부탁한다며 애원하는 다연이에게 측은지심이 들어서 그렇게 말한 거라면 차라리 용서가 된다. 문제는 다른 이유로 휩쓸렸다는 사실이다.

그건 다연이가 말 사이사이마다 후렴구를 붙이듯이 나를 치켜세웠기 때문이다. 이를 테면 "너같이 똑 부러지는 애는 모르겠지만"이라면서 말을 시작하거나 내가 의견을 제시하면 "역시 똑똑한 애는 다르구나"라며 감탄을 했다. 다연이의 그 말들이 나를 완전 오버하게 만들었다. 마치 칭찬에 넋이 나가 춤추는 고래처럼 똑똑하다는 칭찬에 개선장군이라도 된 듯이 이번 일에 앞장서겠노라고 약

속했다. 세상에! 어쩌다가 나만 믿으라는 말을 꺼냈을까? 후회막급이다. 그러자 다연이는 내게 엄지손가락을 세워 보이며 말했다.

"헤어스타일만 봐도 범상치가 않더라니 역시 승아, 넌 카리스마가 있어!"

당황스러웠다. 솔직하게 말하자면 숏컷은 내 성격을 표현한 헤어스타일이 절대 아니다. 난 짧은 머리를 좋아하지 않는다. 보이시한 걸 좋아하지 않으니까. 그보다는 바람이 불면 가냘프게 춤추듯 날리는 긴 생머리를 좋아하는 편이다. 한여름에 얇은 티셔츠를 입은 등에서 찰랑거리며 흔들리는 머릿결을 느낄 때의 기분을 가장 좋아할 정도로 긴 생머리 마니아다. 그럼에도 내가 과감하게 커트를 한 데는 나름의 사연이 있다. 우리 반 반장 주이수와 같은 학원에 다니게 되어서다.

엄마 지인의 소개로, 아니 정확하게는 엄마의 표현대로 말하자면 지인의 빽으로 간신히 우등생들만 다닌다는 학원에 다니게 됐다. 내로라하는 아이들의 모임에 간신히 턱걸이로 들어갔으니 숏컷은 열심히 해 보겠노라는 투지를 반영하는 거라고 다들 알고 있었다. 나 역시 엄마에게 그렇게 선언하며 커트비를 받아 냈다. 하지만 속내는 결코 그게 아니었다. 겉과 속은 늘 다르기 마련이니까. 같으면 굳이 겉과 속이라고 이름을 다르게 붙일 필요가 있을까?

아무튼 내가 숏컷을 한 속내는 순전히 주이수에게 잘 보이기 위해서였다. 말 그대로 차별화 전략이다. 왜냐하면 학원에는 다들 머리 스타일이 비슷비슷한 긴 머리 일색이었기 때문이다. 게다가 신기하게 학원 여자애들은 어쩌자고 공부까지 잘하나 싶을 정도로 다들 예뻤다. 외모를 칭송하거나 좋은 성적을 비하하려는 게 아니다. 그냥 내 생각에 사람이 모든 걸 다 갖출 수는 없으니까 한 가지만 튀면 되지 않을까 싶은 것이다. 아무튼 내 말의 요지는 다들 엄청 예쁘다는 이야기다. 그래서 그 애들 사이에서 오로지 다르게 보이고 싶어 머리를 자르기로 결심했다.

난 남과 비교하는 짓은 잘 하지 않는다. 외모뿐만 아니라 그 무엇도 남과 비교하는 건 불행을 자초하는 지름길이라는 사실을 누구보다 잘 알고 있으니까. 그건 우리 엄마 아빠 역시 공공연하게 인정한 사실이라 자기들끼리는 어떨지 모르지만 적어도 내 앞에서는 나를 그 누구와도 절대 비교하지 않는다. 그만큼 난 나름 줏대 있게 산다고 믿었는데…….

이상하게 그 학원에만 가면 스멀스멀 자괴감이 들었다. 일부러 생각하지 않아도 그냥 자연스럽게 내 존재감이 희미해지는 게 느껴졌다. 마치 눈 코 입이 큰 서양인 옆에 서 있으면 내가 구멍만 간신히 뚫린 종이인형처럼 느껴지듯이 말이다. 그 사실을 견딜 수가 없어서 '에라, 모르겠다' 하는 마음으로 숏컷을 했다.

실제로 어느 정도는 효과를 봤다. 존재감은 확실해졌으니까. 학교에서도 여자애들이 더러 숏컷의 대명사처럼 '승아컷'이라는 표현을 쓰기도 했다. 그리고 내가 의도한 대로 여학생에 그다지 관심이 없는 주이수도 내게 먼저 말을 걸면서 알은체를 했다.

"아! 최승아, 너 우리 반이잖아. 넌 내가 기억하지."

주이수와 사귈 생각이 있었던 건 아니다. 그냥 호감이 있었고, 호감은 탱글탱글 굴러다니는 탱탱볼 같은 거라 내 안에서 주체할 수 없어 어떤 식으로든 표현하고 싶었을 뿐이다. 게다가 난 이제 열여덟이니까. 물론 걔가 먼저 사귀자고 한다면 거절할 생각은 없지만 말이다. 이처럼 난 숏컷으로 카리스마를 풍기려고 했던 건 아니다. 물론 카리스마가 있어 보인다니 나쁠 건 없지만, 이런 무거운 숙제를 떠안기며 억지로 카리스마를 강요하다니 정말 너무하다는 생각이 들었다.


숙제하는 마음으로 주말에 일부러 시간을 내어 민혁이를 만났다. 동영상이 많이 번진 건 사실인 듯했다.

"남자애들 단톡방에 뭐가 돌긴 했지."

"뭐야? 네가 말한 그 '뭐'가 다연이가 찍힌 동영상이란 소리야?"

"그럴걸?"

'그럴걸'이라는 무신경한 표현이 귀에 거슬렸다. 하지만 민혁이의 감정을 건드리면 안 될 것 같아 그냥 참았다. 민혁이는 심지가 깊은 대신 한번 삐치면 순식간에 얼음장처럼 변하는 스타일이다.

"너도 봤어?"

"대충? 음악 소리랑 잡음이 워낙 시끄럽고 화질이 별로라."

순간, 무릎이 꺾이는 기분이 들었다. 정말 실망스러웠다. 저딴 놈을 내가 심지 깊다고 생각했으니……. 자괴감이 들 정도였다. 게다가 눈물을 펑펑 쏟으며 죽을까도 생각했다는 다연이를 떠올리자 정말 화가 났다. 누군가는 죽음을 떠올릴 만큼 힘든 일 앞에서 다른 누군가는 동영상의 질을 운운하는 정도라니, 어이가 없었다. 그래도 침을 삼키고 조심스럽게 말을 이었다. 민혁이를 앞에 두고 콕 짚어 말하면 발끈할 게 뻔해서 싸잡아 말했다.

"남자애들 진짜 너무하네. 너희, 다연이란 애가 어떨지는 생각해 봤어?"

"내가 뒤져서 찾아본 것도 아니고 내 폰에 들어온 거 본 건데, 뭐. 남이 어떤지까지 일일이 생각해야 해? 크게 이상한 것도 아니고 인생이 바뀔 만한 것도 아닌데."

"누군가에겐 인생이 바뀔 수도 있는 거야. 게다가 요상하게 편집된 거라며?"

"남의 인생이 어떻게 바뀌는지까지 내가 알아야 하냐? 그리고 난 요상이 뭔지는 모르겠고 그냥 톡에 떴길래 열어 본 것뿐이야."

"그래도, 만약에 그게 나라면……."

"너? 너 뭐?"

"아니, 만약 동영상 찍힌 애가 네 여동생 민영이라면."

"야! 너 나한테 시비 걸려고 만나자고 한 거냐?"

"그게 아니라…… 됐어!"

분명 민혁이에게 더 따질 만한 상황이었는데 거기까지만 하고 마무리 지었다. 왜냐하면 바로 그때 폰에 이수한테 온 문자가 떴기 때문이다.

—승아, 나 이수. 학원 프린트물을 잊어 먹었는데 복사하게 빌려 줄 수 있어?

어? 이수가 내 번호를 알고 있다니…… 감개무량했다. 내 폰으로 들어온 이수의 첫 문자는 보는 것만으로도 떨렸다. 덕분에 민혁이에게 더 따져야 할 말은 흔적도 없이 증발해 버렸다. 내게 중요한 일이 먼저니까. 마음속은 이미 이수로 가득 차서 용량이 초과됐고 다연이의 일은 말 그대로 감정의 우선순위에서 밀렸다. 허겁지겁 이수 문자에 답했다.

—당연하지.

—너희 집 근처로 갈게.

—언제?

—한 시간 뒤?

마음이 급했다. 그래서 민혁이에게 누가 유출했는지 진원지를 좀 알아봐 달라는 부탁만 하고 상황을 정리했다. 민혁이는 영 시큰둥한 표정으로 그러겠다고 대답했다. 나는 어찌 됐든 숙제를 했다는 생각에 홀가분한 마음으로 헐레벌떡 집으로 향했다. 옷도 갈아입어야 하고 프린트에 낙서한 것도 지워야 하고 얼굴에 비비크림도 발라야 하고…… 할 게 많았다. 마음이 바쁘면서 한편으로 붕 뜨기도 했다. 사실 프린트는 빌미일 테니까. 그리고 이수가 우리 집을 알고 있다는 것까지도 예사롭지 않다는 판단이 들면서 대책 없이 설렜다. 관심은 곧 애정을 말한다. 그걸 내가 모를 리 없다.

이수와 복사 가게에 다녀와 함께 떡볶이도 먹고 레몬 슬러시도 먹으며 이런저런 이야기를 나눴다. 내 추측은 틀리지 않았다. 이수는 사실 프린트물은 학원 사이트에만 들어가도 얼마든지 다운로드가 가능하다고 했다. 그 말이 함축하는 뜻이 무엇인지는 기본적인 유추 능력만 있어도 다 아는 거니까. 우린 서로 눈을 마주치고 빵긋 웃었다. 직접화법보다 더 스릴 있고 더 낭만적이라는 생각이 들었다.

게다가 이수는 이번 주부터 자기 엄마한테 데리러 오지 말라고 했다면서 이제부터 학원에 같이 가자고 제안했다. 그러므로 나에게는 '오늘부터 1일' 이런 식으로 날짜 세는 일만 남은 셈이다. 기분이 너무 좋았다. 나도 날짜 세는 걸 할 수 있게 되다니……. 덕분에 다연이의 일도, 민혁이를 만났다는 사실까지도 까맣게 잊어버릴 수 있었다.

　아니, 아주 까맣게 잊은 것만은 아니다. 수업 시간 중에도 유난히 노란 머리를 하고 앞자리에 앉은 다연이가 눈에 띌 때마다 내 마음이 뜨끔거렸으니까. 하지만 아직 민혁이에게 아무 답도 듣지 못했던 터라 나름 대기 중이라며 합리화했다. 그래서 다연이가 점심시간에 밥도 안 먹고 책상 위에 엎어져 있는 모습을 보면서도 그냥 못 본 척했고, 수업 중에 양호실에 가는 모습을 보고도 크게 연민을 느끼지 않았다. 아니, 합리화해서가 아니라 이수로 인해 용량이 초과됐다는 것이 더 정확한 표현이었다. 이수와 만난 이후로 온 신경이 이수 쪽으로 쏠려서 다른 생각을 할 겨를이 없었으니까.

　물론 이수와 진도가 나간 일은 없었다. 날짜를 세기 시작해도 된다고 확신이 들 만한 일이 더는 없었다는 말이다. 그래도 이수는 내 언저리에서 내내 알짱거리는 게 분명했다. 수업 중에도 자주 눈이 마주쳤고 매점이나 복도에서도 유난히 자주 마주쳤다. 물론 늘 남자애들과 떼 지어 다니는 이수에게 말을 건넬 시간은 없었다.

　하지만 그럴수록 이수의 매력은 더 크게 느껴졌다. 서로 눈만 마주치고 지나갈 때 닿을 듯이 닿지 않는 아스라함이 주는 신비감도 좋았고, 또 남자애들끼리 장난으로 주먹질을 하는 모습을 볼 때면 이수의 터프한 매력이 돋보인다고나 할까? 뭐랄까…… 딱 꼬집어 말할 수는 없지만 내가 모르는 그들만의 세계에 대한 동경 같은 게 내게 있는 것 같았다.

그렇게 이수에게 마음을 쪼개 보내자니 애가 타면서도 한편으로는 이 시간이 달콤하기 이를 데 없어서 마냥 누리고 싶은 욕심도 있었다. 이름하여 지금이 '밀당의 시간'일 테니까. 그래서 다연이가 다소 신경이 쓰여도 민혁이에게 재촉하고 싶은 마음이 없었다. 어쩌면 대기 중인 이 시간이 더 편할지도 모른다는 계산이 내 안에서 얍삽하게 돌아갔으니까. 숙제를 미뤄 놓고 나만의 즐거움을 만끽하는 이 시간을 누리고 싶었다.

하지만 달콤함은 오래가지 않았다. 그 생각을 한 지 딱 하루가 지났을 때, 오후 수업을 마치고 교문을 나서는데 거짓말처럼 다연이와 민혁이가 차례대로 내 앞에 나타났다. 마치 둘이 짠 것처럼. 일의 순서대로 말하자면 다연이와 교문 앞에서 마주쳐서 버스 정류장 쪽으로 걷는데 민혁이가 알은체를 하며 다가왔다. 민혁이는 내 옆에 있는 애가 다연이란 사실을 아는지 모르는지, 아니 아예 아무것도 개의치 않겠다는 태도로 다짜고짜 알게 된 내용을 쏟아 냈다.

"그거 학연초 애들 작품이더라. 애들 말로는 걔들 상습범이라던데. 윤재호 걔 중딩 때부터 유명한 유튜버였거든. 영상 크리에이터가 꿈이라면서 볼만한 것도 만들지만 가끔 애들 입맛 맞추느라 그딴 짓도 하는 거지."

"학연초?"

"너희 반 학연초 출신들 말이야. 준경, 세찬, 현호, 이수 걔네들 알지?"

"설~마."

마지막에 나온 이수 이름 때문에 나도 모르게 설마라고 하며 여지를 뒀다. 그러자 민혁이는 어이없다는 듯이 반박했다.

"뭐가 설마야? 같이 만든 놈이 한 말인데."

얼굴이 화끈거렸다. 그렇다고 민혁이에게 이수 이름은 빼 달라고 말할 수도 없었다. 정작 옆에 선 다연이는 자신이 바로 그 동영상의 주인공이라는 사실을 알리고 싶지 않아서인지 남의 일인 듯 무표정하게 서 있기만 했다.

"근데 걔들 대체 왜 그런대?"

"내가 아냐? 장난 반 골탕 반, 뭐 그런 거겠지. 당싸라던데."

"당싸?"

"당해도 싸다, 뭐 그런 거지."

"뭐야? 그런 게 어딨어?"

나조차도 언성이 높아지는데 참을성이 많은 건지 다연이는 여전히 묵묵히 무표정했다. 내가 씩씩거리며 콧김을 뿜어내자 민혁이는 더 엮이기 싫어서인지 학원에 간다며 잽싸게 내빼 버렸다. 난 다연이에게 물었다.

"네가 그날 같이 논 애들이 걔들이야? 우리 반 학연초 출신들?"

"준경이, 현호만."

그 자리에 이수가 없었다는 사실에 안도의 한숨을 쉬었다. 그래도 기분은 깔끔하지 않았다. 사실 학연초 졸업생들이 우리 학교 입학 배치고사 순위에서 모조리 상위를 차지했고, 또 교외 경시대회 수상자들도 거의 다 학연초 출신이라 학교 안에서는 은근히 자부심을 갖는 집단이다. 들리는 설에 의하면 학연초등학교 교장 선생님이 감사패를 줬다는 황당한 소문까지 있을 정도였다. 수업 시간 중에도 더러 샘들이 칭찬하면서 이름을 올리기도 했는데 이런 일에 앞장섰다니 정말 의외였다.

"근데 걔들은 아니라고 했다며."

"응."

"그럼 어째야 하지? 다 들었다고 하면서 따져야 하나?"

내가 말하면서도 이건 아니라는 생각이 들었다. 따진다고 해결될 일이 아니란 것 정도는 나도 알았다. 하지만 이수 이름을 듣고 나서는 마음이 복잡해져서 아무 말이 막 나왔다. 그걸 알 리 없는 다연이가 진지하게 대꾸했다.

"따진 다음엔?"

"아니…… 따진다고 되는 건 아니고. 그렇다고 샘한테 꼰지르는 것도 그렇고."

"그건 안 돼."

"나도 알아."

샘한테 말하는 순간 지금까지 은밀하게 돌던 동영상이 순식간에 전교생의 관람 필수 동영상이 될 게 뻔했다. 학교에 일이 생길 때면 샘들은 빠른 처리를 위해 가해자로 의심 가는 애들을 닥치는 대로 불러들여 사실을 말하라고 종용했다. 무신경한 샘의 경우엔 모든 아이들이 들락거리는 교무실 한가운데서 닦달하는 경우도 있다. 그러다 보면 일은 순식간에 퍼지기 마련이다. 피해자의 입장은 전혀 고려하지 않는다.

그중에서도 가장 최악은 가해자로 지목된 아이 중 하나가 부모님에게 억울함을 호소하게 되는 경우다. 부모님이 끼어들면 일이 일파만파로 커져서 인터넷에 뉴스로 뜨거나 심지어 법정으로 가게 될지도 모른다. 그렇게 되면 입장 차이로 억울한 피해자가 기하급수적으로 늘어나기도 할 것이다. 하지만 뭐니 뭐니 해도 그중에서 최고 피해자는 결국 동영상의 주인공이 된다.

여기까지 생각이 전개되자 너무너무 고민스러워졌다. 내 일은 아니지만 상상만으로 이미 머리가 터질 것 같은 기분이 들었다. 그때 다연이가 바닥에 주저앉아 울먹였다.

"어쩌면 이 문제는 영원히 해결되지 않을지도 몰라. 지금 이 순간에도 동영상은 퍼지고 있을 테니까."

사실 동영상이 퍼지는 속도는 입에서 입으로 전해지는 악의에 찬 소문이 퍼지는 것과는 비교가 안 될 정도로 더 빠를 것이다. 폰에 손가락 한 번 댔다 떼면 동영상 하나쯤은 실시간으로 국경을 초월해 퍼져 나간다. 심지어 동영상을 건네받는 사람에게 동영상 속의 주인공은 익명의 존재에 불과하므로 아무런 죄책감 없이도 다른 사람에게 전달할 수 있다. 악의조차 없으므로 더 해롭다. 악의를 가지고 한 행동은 당사자의 마음에 미세한 흔적이라도 남기는데 무신경하게 퍼뜨리는 자들은 자신이 무슨 행동을 하는지 의식조차 못 할 것이다.

"그러게. 그게 범죄란 사실을 알아야 하는데……"

자포자기한 듯한 표정으로 실의에 빠진 다연을 보고 있자니 겁이 덜컥 났다. 정말 저러다 뭔 일이라도 저지르면 어쩌지 하는 걱정이 앞섰다. 난 어떻게든 이 일을 가볍게 만들고 싶었다. 지금 당장 거짓말이라도 해서 다연이가 비극에 빠지지 않게 하고 싶었다.

"다연아, 네가 너무 과민하게 반응하는 거 아닐까? 민혁이 말로는 별것도 아니라던데…… 그냥 흐지부지 사라질 수도 있잖아."

"평소 수위가 높은 걸 보는 남자애들에겐 별게 아닐 수도 있겠지. 아닌 게 아니라 막상 보면 별건 없어. 하지만 어두운 조명 속에서 내 웃음소리를 배경 삼아서 내가 춤추는 실루엣을 넣은 동영상은 많은 걸 상상하게 하잖아. 그게 제일 무서운 거야."

영상을 직접 보지 않았지만 상상은 실제보다 더 많은 걸 불러온다는 걸 알기에 악의적인 편집이 얼마나 무서운지도 알고 있었다. 빠져나갈 구멍조차 없이 음습한 굴에 갇힌 기분이 들었지만 일부러 힘주어 말했다.

"힘내자. 분명 돌파구가 있을 거야. 찾는데 왜 길이 없겠어?"

그러자 다연이는 저번처럼 또 나를 부추기는 말을 했다.

"그래, 도와줘. 넌 똑똑하니까……."

제발, 그 말만은 하지 말아 달라고 부탁하고 싶을 만큼 부담스러워졌다.

정말이지 난 똑똑하지 않다. 아니, 똑똑하고 싶지도 않고 똑똑할 수도 없다. 왜냐하면 난 이미 이수라는 늪에 빠진 멍청이가 되었으니까. 행여 또 주제넘게 내가 나서게 될까 봐, 반복 학습으로 이 말을 내 자신에게 단단히 세뇌시켰다.

'난 똑똑할 수가 없다.'

그날 밤 이수에게 톡이 왔다. 처음이었다. 톡은 문자와 달리 훨씬 사적인 관계끼리 하는 거라 톡으로 보냈다는 건 상징적으로 내밀한 관계를 시작하겠다는 것과 같았다.

─승아, 승아, 승아야~

깡충깡충 뛰는 귀여운 토끼 이모티콘과 함께 내 이름을 수없이 불러 댔기에 내 심장도 더불어 뛰었다. 이수는 작정이라도 한 듯이 내게 자기 마음을 꺼내 보였고 우리는 본격적으로 수다를 떨었다.

서로에게 느끼는 호감을 밑천 삼아 남들이 보면 유치하기 짝이 없는 말의 행진이 끝도 없이 이어졌다. 써서 남길 줄거리 같은 건 하나도 없는 오로지 감정의 끝말잇기 같은 말로만 두 시간 넘게 떠들었다. 이런저런 이모티콘과 'ㅋㅋㅋㅋ'와 기기묘묘한 의성어, 의태어를 남발하는 시간이었지만 즐거웠다. 그냥 우리가 연결되어 있다는 사실만으로도 족했다고나 할까?

　내일을 기약하면서 그만 자자고 할 즈음 다연이가 떠올랐다. 민혁이에게 들은 이야기도 손톱 밑 가시처럼 나를 계속 찌르고 있어서 이수에게 물어봤어야 하는데 아무것도 묻지 못했다. 아니, 하지 않았다. 달달한 분위기를 깨뜨리는 일은 하고 싶지 않아서 그랬다. 두려웠다. 이수가 그 동영상을 봤다고 말할까 봐, 아니 그 동영상을 제작하는 데 일조했다고 할까 봐 무서웠다. 그뿐만 아니라 이수가 자신은 모르는 일이라고 답하는 것도 싫었다. 그게 거짓말이라는 게 나중에 밝혀질까 봐.

　말이 안 되는 감정이지만 그 순간 다연이가 싫어졌다. 왜 하필 이 시점에 나한테 다가와 이토록 복잡한 마음이 들게 하는 건지 원망스럽기만 했다. 이수가 학연초 출신이긴 하지만 그 일에 연루되었을 리는 없다고 확신했다. 아무 근거도 없지만 난 그렇게 믿고 싶었다. 자식이 눈앞에서 도둑질을 해도 우선은 가려 주고 싶은 부모의 심정이랄까? 그러므로 난 똑똑할 수가 없다고 외칠밖에.

이수와 톡을 끝내고 누워 겉과 속이 다른 나를 느끼면서도 똑똑하지 않은 자의 자유로움을 누렸다. 어리석은 자의 해이함, 그걸 탐했다. 굳이 다르게 표현하자면 '난 몰라' 하며 개기는 거다.

다음 날부터 이수와의 교집합에 만족하면서 학교에 다녔다. 공공연한 커플이 된 것도 즐겼고 우리에게 보내는 뭇 아이들의 질투 섞인 시선도 맘껏 받았으며 이수의 이런저런 살가운 배려도 우아한 여왕처럼 누렸다. 이수는 생각보다 터프한 구석이 많았는데 그랬기에 이수의 낯 뜨거운 애정 표현은 상대적으로 더 돋보였다. 덕분에 반 아이들에게 간헐적 야유를 들어야 했지만 그것조차 좋았다. 그래도 성격 좋은 이수가 반장 역할을 잘 해내는 덕에 우리의 연애를 아니꼬워하는 아이들보다 지지하는 아이들이 더 많았다.

실내화 바닥에 스프링이라도 달린 듯 퐁퐁 튀는 며칠을 보냈다. 내 생애 최고의 나날이라고 감히 말할 수 있을 정도로 황홀했다. 그 시간이 영원하길 바랐지만 야속하게도 균열은 빠르게 찾아왔다. 이수와 사흘째 되던 날 급식실 옆 식단 게시판에 낯선 대자보가 붙으면서 상황은 급격히 달라졌다. 물론 대자보의 내용은 '우리'와는 완전 무관한 것이었다. 하지만 그 내용을 대하는 자세에 있어서 이수와 나는 다른 배를 타게 됐다.

점심 급식을 먹고 나가려는데 다연이가 후다닥 뛰어와 내 손을 잡더니 나를 게시판 앞으로 데려갔다. 끌려가면서도 약간 불안했다. 나와 이수가 커플이 된 사실이 공표된 다음 날, 이수에게 좀 알아봤냐는 다연이의 질문에 천연덕스럽게 이수는 아무것도 모르더라고 거짓말했기 때문이다. 만약 누군가가 왜 그랬냐고 묻는다면 나도 따져 물을 것이다. 너 같으면 그러고 싶겠냐고. 이제 막 사랑이 퐁퐁 솟아오르는 상대를 들쑤시고 싶지 않았다. 이수는 내게 오로지 사랑일 뿐이니까.

대자보는 3학년 선배들의 페미니즘 모임에서 올린 글로, 제목은 '오해하지 맙시다'였다. 페미니즘에 대해 바른 인식을 갖자는 취지로 쓴 가벼운 글이었는데 얼마 전에 학내 토론대회에서 페미니즘에 관한 주제를 들고 나온 학생을 일방적으로 매도하는 사건이 있었음을 알리면서 '무지를 먹고 자란 여혐과 같은 잘못된 인식을 바로잡자'는 극히 미온적이고도 건설적인 글이었다. 요즘 들어 청소년의 인권도 존중받아야 한다거나 스쿨 미투는 우리 모두의 일이라는 둥, 계몽적 성향이 짙은 게릴라성 대자보가 학교 구석구석에 자주 붙는 추세라 크게 놀랄 만한 일도 아니었다.

하지만 문제는 그 밑에 붙은 댓글이었다. 포스트잇에 써 붙인 댓글은 가히 눈 뜨고 보기 어려울 정도의 육두문자로 가득했다. 그 반응만으로 얼마나 잘못된 인식이 뿌리 깊게 박혔나를 잘 알 수 있었다. 레이스 치마를 연상하게 할 만큼 겹겹이 붙은 포스트잇에는 페미니즘에 대한 욕이거나 이를 반박한답시고 마찬가지로 욕하는 내용으로 가득 차 있었고, 더러는 대자보의 내용과 무관한 성 대결로까지 번져 그야말로 저급한 어휘들의 패싸움장처럼 보였다. '오해하지 맙시다'라는 제목 때문인지 아이들이 재미 삼아 붙인 댓글들도 많았는데 '○○가 잘생겼다고 오해하지 맙시다' '○○가 ○○를 좋아한다고 오해하지 맙시다'와 같은 우스갯소리도 줄지어 붙었다.

댓글들을 훑는데 다연이가 내 팔을 눌렀다. 다연이는 눈빛으로 포스트잇이 붙은 어느 지점을 가리켰는데 그곳에는 다연이의 이야기인 듯한 글이 있었다. 절반은 가려져 전체 내용은 모르겠지만 앞부분에 '얼굴만 보고 오해하지 맙시다. 노래방에서 꼬리 치는……'이라고 적혀 있었고 밑에는 동영상 주소 같은 것도 있었다. 다연이는 얼굴이 이미 백짓장처럼 하얗게 변해 있어 자칫하면 쓰러질 기세였다. 그래도 눈빛만은 내가 그 종이를 떼어 내 주길 바라는 간절함으로 빛났다. 하지만 우리 등 뒤로 아이들이 겹겹이 서 있어서 그것만 떼어 냈다가는 말이 나올 것 같아 나는 포스트잇 일부를 뭉텅이로 잡아뗐다.

"야, 숏컷! 네가 뭔데!"

"숏컷, 너 페미 첩자냐?"

등 뒤에서 여러 목소리가 들렸지만 돌아보지 않고 교실로 서둘러 직진했다.

그런데 야자가 시작되기 직전에 이수가 나를 불러냈다. 체육관 앞에서 만난 이수는 날 보자마자 다짜고짜 소리쳤다.

"넌 끼지 마!"

"무슨 소리야?"

"발다연이랑 놀지 말라고!"

발다연이 손다연을 말하는 거냐고 굳이 되묻지 않아도 알 것 같았다. 남자애들이 흔히들 하는 유치찬란한 네이밍이니까. 초딩 때나 할 법한 말을 아직까지 하고 있다니 웃겼다.

"발다연이 뭐야, 손다연이지. 어차피 다연이랑 친한 건 아니지만 왜 놀지 말라고까지 하는 거야?"

"넌 내 여친이니까."

내 여친이라는 말을 하면서 이수는 내 손을 잡았다. 여친이라고 발음할 때 오른쪽 볼에 보조개가 파이는 건 처음 알았다. 그 탓에 약간 정신이 혼미해졌다. 물론 그런 와중에 기분이 살짝 나쁘기도 했다. 하지만 나를 아끼는 마음에서 이수가 다소 분에 넘치는 행동을 하고 있다고 여겨져 애써 부드러운 말투로 말했다.

"야, 그러지 마. 다연이는 곤경에 빠진 거야."

"자업자득이야. 누가 그러고 놀래?"

"그러고 놀다니?"

"실컷 꼬리 치고 딴소리하는 거라고."

"남자애들이 동영상 편집한 거라던데?"

"걔들이 무에서 유를 창조하겠냐? 너도 막상 보면 그딴 소리 싹 들어갈걸?"

순간 의구심이 처음으로 고개를 들었다. 하긴 그 동영상을 본 적도 없으니…….

"정말?"

그때 야자가 시작되는 종이 울려 우리는 교실 쪽으로 달려갔다. 그런데 교실 문을 열기 직전에 갑자기 이수가 명령하듯 말했다.

"너 이제부터 머리 길러."

"응?"

"탈코르셋인지 뭔지 그딴 거 땜에 머리 쳐 냈단 오해 받기 싫으니까. 너 그래서 머리 자른 거 아니잖아? 재수 없이 페미랍시고 남자도 아니면서 남자인 척하느라 머리 자르고 나대는 거 진짜 꼴사납거든."

"엥? 페미가 남자인 척한다고? 왜?"

아니, 뭣 때문에 남자인 척을……. 이수의 말에 기가 차서 왜 그렇게 생각하느냐고 물었건만 이수는 내가 몰라서 묻는다고 생각해서인지 설명이랍시고 더 기막힌 이야기를 늘어놓았다.

"아, 그건 못생긴 애들이 어차피 외모로 승부를 못 보니까 똑똑한 척하느라, 남자인 척하느라 그런 거지."

더 압권은 다소 황당해하는 내 등을 밀면서 "자 자, 예쁜 애는 들어가자"라고 하는 것이었다. 복도 반대편에서 담임 샘이 걸어오는 게 보여 할 수 없이 얼른 자리로 들어와 앉았지만 대차게 한 대 맞은 기분이 들었다. 도대체 이게 뭐지?

일단 이수의 골 깊은 적개심과 거친 표현에는 문제가 있었다. 물론 남자들이 불리할 때면 여자들을 못생겼다며 몰아붙이는 습관이 있다는 걸 모르는 바는 아니다. 자기 여친은 예쁜 애라고 주관적 판단을 하는 것처럼 말이다. 그리고 페미니즘에 대해 무조건적인 불신이나 오해 역시 무지에서 오는 거라 얼마든지 교정이 가능하다고 믿는다. 사람은 알기 전과 알고 난 후가 다르니까. 이수를 아직 배우지 못한 사람의 범주에 넣으면 된다. 그래서 '오해하지 맙시다'라는 대자보가 붙은 거니까.

하지만 이수의 말을 곱씹어 보면 남성 우월 의식으로 가득 차서 상대를 존중하지 않았고 여자애들의 행동을 비하하며 나대는 걸로 몰아붙이고 있었다. 어쩌면 그런 생각이 모여 죄의식 없이 이번 동영상 같은 것을 만들고 돌려 보게 되는 거라는 결론에 이르렀다. 야자 시간 내내 마음이 편치 않았다. 뱉어 내야 할 모래가 한 움큼 내 입 속으로 들어와 있는 것 같았다.

민혁이에게 톡을 해서 동영상을 보내 달라고 했다. 그러고는 쉬는 시간에 화장실에 가서 봤다. 동영상은 다연이가 말한 그대로였다.

"막상 보면 별건 없어. 하지만 어두운 조명 속에서 내 웃음소리를 배경 삼아서 내가 춤추는 실루엣을 넣은 동영상은 많은 걸 상상하게 하잖아."

요즘 여자 아이돌이 추는 그런 춤을 다연이는 열심히 따라 하고 있었다. 다연이는 평상시에는 내성적이고 소극적이지만 워낙 춤추는 걸 좋아하고 잘하기 때문에 열심히 췄다고 했다. 그렇다고 다연이가 누군가를 향해 눈빛을 날린다거나 교태를 부린다거나 하는 건 없었다. 그냥 단지 혼자 음악에 취해 열심히 몸을 흔들고 있을 뿐이었다. 자업자득이라든가 당해도 싸다는 말을 들을 이유가 없었다.

그런데 동영상은 그 화면을 편집해서 좀 더 야하게 보이도록 만들었다. 아무리 봐도 이건 악의적인 편집이 맞았다. 재미 삼아 같이 간 노래방에서 춤추는 친구의 모습을 꼬리 치는 여자아이로 둔갑시키고, 그걸 아무렇지도 않게 돌려 보면서 비난해 대는 아이들이 무섭게 느껴졌다. 거기에 자기들이 무슨 일을 하는지 알지도 못하고 알려고조차 하지 않는 무신경까지 보태어 일을 크게 만들고 있었다. 그 동영상의 제목이 모든 걸 말했다.

'깜놀, 얌전한 고양이.'

다연이가 기가 센 아이였다면 아마 그런 짓을 못 했을지도 모른다. 약한 아이를 괴롭히면서 자업자득이라는 허울을 씌우다니…….

생각할수록 화가 났다.

혼자서 속으로 붉으락푸르락하다 보니 어느새 야자를 마치는 종이 울렸다. 아이들이 가방을 들고 주섬주섬 일어나 갈 채비를 하던 중에 재철이가 미선이의 필통을 뺏어서 남자애 몇몇한테 패스하며 교실 안을 뛰어다니기 시작했다. 미선이는 필통을 달라며 이애 저애 따라다니더니만 갑자기 멈춰 섰다. 그러고는 재철이 자리로 가더니 재철이 가방을 들어서 창문 밖으로 던져 버렸다. 그러자 재철이는 얼른 필통을 바닥에 내려놓고는 허겁지겁 밖으로 나갔다. 난 속으로 '나이스 샷!'을 외쳤다. 잡히지 않을 때는 끌어들이는 것밖에 방법이 없다는 걸 그 순간 깨달았다. 야자가 끝나고 다연이를 불러냈다.

"가만히 있으면 네 말대로 계속 퍼질지도 몰라."

"그러게."

"가만있으면 가마니인 줄 안다니까. 네가 가마니가 아니란 걸 보여 줘야지."

"어떻게?"

"사람이니까 어떻게든 움직여서 방어를 해야지. 공격이 최선의 방어란 말 못 들었어? 솔직히 준경이나 현호 둘 중 하나가 찍은 게 분명하잖아? 아니라고 한다는 것 자체가 말이 안 되는 거야. 근데 그날 걔들하고 뭐 안 좋은 일 있었어?"

"집에 가는 길에 준경이가 사귀자기에 거절했더니 뭔가 분위기가 안 좋게 흘러가더라."

"아, 그래서 당싸라는 말이 나온 거구나. 치사한 놈들."

그 즉시 준경이에게 전화해서 현호와 같이 나오라고 했다. 왜 그러냐며 버티기에 "나오기 싫으면 제작자 윤재호까지 불러서 경찰서에서 만나든지"라고 하니까, 5분도 안 돼서 나타났다.

"이거 너희 작품이지?"

"누가 그래?"

"너희가 아니라면 심령학회에 의뢰해야겠지. 근데 너네들 중에 한 명이 불었다네. 암튼 이 영상 편집자랑 묶어서 배포자들까지 그리고 2차 유포자까지 다 불러 모아서 이번 주말까지 싹 다 삭제해. 안 그러면 학연초 나온 애들 평판이 완전 바닥으로 떨어질 거야."

"뭔 소리야? 거기서 학연초가 왜 나와?"

"학연초의 자랑이라며 교문 앞 플래카드에 이름까지 걸렸던 너네들이 떼로 동영상 제작 및 유포자로 알려지면 좋겠네. 자랑이 하나 더 늘겠어."

준경이와 현호는 서로 머뭇거리며 눈빛만 주고받았다. 여전히 거들먹거리는 포즈로 서 있었지만 눈빛은 한풀 꺾인 게 보였다.

"됐냐? 우리 간다. 주말에 열심히 청소하고 월요일에 여기서 다시 만나."

돌아서 가려는데 듣고 있던 현호가 분했는지 내게 소리쳤다.

"야! 숏컷, 네가 뭔 상관? 너 페미냐?"

"글쎄, 난 모르겠네. 페미가 무슨 신분이야? 너네한텐 엑스맨 같은 건가? 근데 만약에 페미가 잘못된 일을 감지하는 사람이라면 난 페미가 맞을 거야. 남자 여자 대결하는 게 페미가 아니라 한쪽으로만 치우치지 않게 균형을 맞추자는 게 페미니즘이라잖아. 그리고 자꾸 숏컷이라고 머리 스타일로 시비 거는데, 이건 페미랑 아무 상관 없는 그냥 취향의 문제야. 다연이가 춤춘 것도 너네가 공 차는 것과 하나도 다를 게 없는 기호의 문제라고, 알아?"

한바탕 쏟아붓고 집으로 가는 길은 이상하게 홀가분했다. 다연이에게 진 빚을 갚았다거나 밀린 숙제를 해내서 그런 줄 알았는데, 다시 생각해 보니 그냥 옳은 행동을 한 데서 오는 만족감인 것 같았다. 나쁜 일인 거 다 알면서도 남친이 우선이라며 난 똑똑할 수 없다고 되뇌며 문제를 피하던 때보다야 지금이 훨씬 당당하니까. 앞서 걸어가는 내 뒤로 터덜거리며 따라오던 다연이가 내게 말했다.

"정말 걔들이 다 지울까?"

"글쎄, 그건 모르지. 모험해 보는 거야."

"만약에 안 하고 버티면? 그담엔 어쩌지? 진짜 그 사실 터트릴 거야?"

"그때 다시 생각해 봐야지. 근데 멍청이들이 아니니까 잘 처신하겠지."

"너 남친한테 조금 곤란하겠다, 걔들 친구인데……. 나 때문에 미안해."

하긴 이번 일이 없었더라면, 하는 가정을 해 보지 않은 건 아니지만 막연하게 이 문제가 다연이의 문제만은 아니라는 생각이 들었다. 그래도 괴로운 마음은 가시지 않아서 다연이의 미안하다는 사과를 접수할까 하다가 그냥 아무 말도 하지 않았다. 다연이가 더 본격적으로 풀 죽은 목소리로 말했다.

"너네 깨지는 거 아냐?"

\*

주말 내내 이수가 만나자며 연락해 왔다.

─대체 피하는 이유가 뭐야? 내 입장은 생각 안 하고 친구들한테 그러면 어떡해?

이수는 이런저런 문자를 보내왔지만 난 그냥 상황이 종료되고 월요일에 보자고만 말했다. 그래서 엄마한테 말하지 않고 일요일에 학원도 가지 않았다. 학원에서 이수를 보면 일이 엉킬 것 같아서다. 다행히 성당 바자회가 있던 날이라 엄마가 종일 집을 비운 덕에 학원을 빼먹는 게 가능했다. 모처럼 한가하게 시간을 보내며 누워서 버둥댔지만 마음은 여전히 편치 않았다. 폭풍전야 같은 시간이었다.

이수는 이렇게 저렇게 표현을 달리하며 문자를 보냈지만 궁극적으로 말하고자 하는 핵심 내용은 하나였다.

넌 끼지 마!

아마 내가 옆에 있었다면 '넌 내 여친이니까'라든가 '넌 예쁘니까' 같은 말로 설득했을라나? 그걸 상상하니 몸서리가 쳐졌다. 어쩌면 이수에게 그런 소리를 듣고 싶지 않아서 주말 내내 피했을지도 모른다. 그런 소리를 듣고 더 이상 가만있을 수 없으니까. 결국 난 이수와 싸워야 할 거고 그렇다면 관계는 자연스럽게 깨졌을 것이다. 난 그런 일은 피하고 싶었다. 아니, 시간을 벌고 싶었던 건지도 모르겠다. 학연초 애들이 동영상을 지우고 난 뒤라면 굳이 이수와 그 문제를 두고 싸울 일이 없을 테니까. 그러니까 난 지금 다연이의 문제만 해결하는 게 아니라 이수와의 문제도 더불어 해결하고 싶은 것인지도 모르겠다. 일거양득?

하지만 만에 하나 학연초 애들이 아무런 반성 없이 마지못해 동영상을 지우는 거라면 다연이의 문제는 일단 해결되겠지만 이수와의 문제는 고스란히 남는다. 자업자득이라며 여자애들이 나대는 꼴이 어쩌니 저쩌니 하던 이수의 잘못된 생각은 동영상처럼 지운다고 지워지는 게 아닐 테니까. 그 생각을 하니 답답해졌다. 내가 답장을 보내지 않자 이수는 마지막 문자라며 보내왔다. 다연이의 걱정대로였다.

—나랑 깨질래, 말래?

둘 중 하나를 선택하라고 했다. 아마 자존심이 상했을 테니 이런 식의 문자라도 보내야 직성이 풀렸을 거다.

지금 내 앞에 놓인 선택지는 이수와 만날 것인가, 헤어질 것인가 하는 게 아니다. 오히려 전쟁을 할 것인가, 말 것인가이다. 조용히 이수와 깨지고 말 것인가 아니면 전쟁을 해서 이수와 더불어 행복하게 잘 지낼 것인가 하는 갈림길에 놓여 있다. 전쟁을 하고 난 뒤에 행복해진다는 말이 이상하게 들리겠지만 어떤 문제는 전쟁을 거치고 나서야 비로소 모두에게 좋은 평화를 얻게 되기도 한다. 전쟁은 총성이 울리는 전쟁터에만 있는 게 아니니까.

다연이가 겪고 있는 곤경이 다연이만의 불행은 아니라는 걸 깨달았다. 처음에는 다연이 문제라고만 생각했고 그래서 정말 모른 척하고 싶었다. 하지만 이수가 내게 끼어들지 말라며 이런저런 말을 했을 때, 다연이가 빠진 곤경의 늪 끝자락에 나 역시 발을 담그고 있다는 사실을 깨달았다. 난 이기적인 아이니까 솔직히 다연이에게만 국한된 일이었으면 나서지 않았을지도 모른다. 하지만 이 일은 내 일이기도 하니까. 아니, 우리 모두의 일이니까.

어찌 보면 아주 간단하다. 가스가 새서 폭발하면 우리 모두 다 죽는다. 남자, 여자 가릴 것 없이 깡그리 전부. 그런데 가스가 샜다는 걸 감지한 내가 "위험해요!" 하고 소리치지 않을 수 있느냐는 말이다. 그러니 난 다 같이 잘 살자고 이야기하기 위해 이수와 싸울 것이다. 싸우는 건 정말 힘든 일이라 하기 싫지만 어려운 시간을 겪고 나면 나아질 것이다. 우리 반 아이들, 이수와 준경, 재호, 세찬, 현호, 민혁……. 앞으로 쟤들하고 같은 지구, 같은 나라에서 몇십 년은 같이 살아야 하는데 문제가 없는 척 덮어 둘 수는 없다.

전사는 싸우기 전에 투구를 닦는다던데 난 전의를 다지는 의미에서 미용실에 한 번 더 갈 예정이다. 숏컷은 어중간하게 길면 지저분한 게 흠이다. 한 번만 더 잘라야겠다. 쌈박한 숏컷으로.

• 수록 작품 발표 지면 ……『소녀를 위한 페미니즘』

달콤 알싸한 거짓말

시작은 아주 사소한 일에서 비롯되었다. 내 것과 에이미의 파우치가 바뀌었는지 전혀 몰랐으니까. 때때로 일은 그렇게도 시작된다. 내가 일부러 만들어 내지 않아도 무언가 거대한 움직임에 엮이고 만다. 아니, 별 의미 없이 솟구쳐 있는 돌부리에 발이 걸려 넘어지면서 일파만파 일이 커지다가 급기야는 걷잡을 수 없게 된다. 우연히 벌어진 일이니 내 잘못이 아니라고 잠시 변명도 해 보지만, 다디단 거짓말에 취해서 독이 든 성배인 줄도 모르고 내 의지로 마셨으니 이 일은 오롯이 내 책임이다. 우연히 벌어졌지만 이 일은 어쩌면 내겐 꼭 필요했는지도 모르겠다. 내가 어떤 애인지 알 수 있게 됐으므로.

지난 주말에 이모 집에서 에이미와 놀았다. 에이미는 이모 친구의 딸인데 어릴 때 캐나다로 유학 갔다가 방학이면 이곳 학원을 다니기 위해 주기적으로 방문한다. 그 애는 한국에 친구가 없기 때문에 귀국하면 으레 내가 유일한 친구가 되어 주곤 했다. 그렇다고 이 만남이 오로지 에이미만을 위한 건 아니다. 어찌 보면 이모의 야심 찬 기획, '에이미와 영어회화를'이 먼저였을지도 모른다. 아니, 실제로 그랬다. 에이미와의 스케줄을 적극적으로 잡는 쪽은 늘 이모였으니까.

이번에도 내가 캠프를 하루 앞두고 있음에도 이모는 무리하게 약속을 잡았다. "에이미는 거의 원어민 영어니까." 이러면서 말이다. 하지만 수학에 영어, 요가, 심지어 수지침까지. 에이미는 바쁜 스케줄에 허덕이는 터라 겨우 일박 정도만 볼 수 있는 데다 여러 번 만나면서 이젠 제법 친해졌기에 이모의 의도와는 전혀 무관한 시간을 보냈다. 솔직히 이모 앞에서 보란 듯이 나누는 몇 마디 관용구 같은 인사를 빼고는 우리 둘은 늘 한국말만 쓴다. 조잘조잘 세차게 흐르는 시냇물처럼 수다가 끊이지 않는다. 물론 에이미가 한국말이 어눌하면 나도 공부 삼아 영어를 써 보겠지만, 안타깝게도 에이미는 한국말을 너무 잘한다. 어쩌나 고급스러운 어휘를 구사하는지 더러더러 국어사전을 검색해야 할 지경이다. 심지어 쓸데없이 사자성어도 남발해서 나를 당황하게 한다.

에이미는 에너지가 넘친다. 오죽하면 "에이미, 너 한국 올 때 스페어 배터리 들고 오지?" 이런 우스갯소리를 다 했을까? 정말로 에이미의 등 뒤 어딘가에는 배터리를 넣는 곳이 있을 것만 같았다.

아무튼 어제 오전 나절에 우리는 수영장에서 신나게 노는 바람에 오후엔 둘 다 늘어지게 초저녁잠을 잤다. 그사이 아빠가 전화도 없이 갑자기 나를 데리러 와서 허겁지겁 짐을 싸다가 파우치가 바뀐 것 같다. 참고로 내 가방은 이모가 챙겼는데 내가 옷을 갈아입는 동안 이모가 주변의 것들을 가방 안에 쓸어 담을 때 같이 딸려 왔으리라. 고양이 그림이 예쁘다며 이모가 똑같은 걸 두 개 사서 우리에게 하나씩 줬던 터라 이틀이 꼬박 지나도록 파우치가 바뀌었는지 전혀 눈치채지 못했다. 아마 에이미도 그랬으리라. 아무런 연락이 없던 걸로 봐서는 말이다. 로션과 립밤, 머리방울, 밴드에이드, 팬티라이너 등 간단한 화장품과 지갑 정도를 넣는 주머니라 다음 날 캠프에 가는 동안에도 내내 열어 볼 일이 없었다. 낯선 아이들 틈에 끼어 정신도 없었거니와 캠프 주최 측에서 제공한 간식이 차고 넘쳐 휴게실 매점에 갈 일조차 없었다.


2박 3일간의 문학 캠프를 가기 위해 잠실체육관 앞 주차장에서 버스를 탔다. 타는 순간부터 내내 시종일관 주눅이 들었다. 버스에 오르자마자 일부러 꾸역꾸역 안으로 들어가 제일 뒷자리 구석진

자리에 앉았건만, 남학생들이 떼로 들어와 내 앞뒤로 앉았다. 그 바람에 난 허둥지둥 여학생들이 모여 앉은 앞자리로 옮겨야 했다. 그런데 자리에 앉는 순간부터 기가 꺾이는 기분이 들었다. 인솔자로 보이는 젊은 쌤이 통로를 지나다 말고 느닷없이 내 옆자리 창가에 앉은 아이에게 얼굴을 쑥 들이밀더니 "교장 선생님 안녕하시니?" 하고 물었다. 그러자 아이는 이내 "아~ 네, 잘 지내세요"라며 뻥끗 웃어 보였다. 순간 그 쌤의 고약한 스킨 냄새가 코를 자극해서 불쾌했지만, 그보다는 그들이 나눈 대사와 그 애의 확신에 찬 목소리가 나를 더 불편하게 만들었다. 교장 선생님의 안부까지 편하게 전할 정도라면 결코 예사로운 아이일 리가 없으니까. 교내외로 알려진 모범생이거나 학생회장 같은 감투를 썼거나 아니면 어떤 식으로든 앞서가는 애들에게나 가능한 질문이다. 나처럼 평범하다 못해 약간 열등생 쪽에 가까운 아이를 상대로 저딴 질문을 할 턱이 없다. 난 우리 교장 선생님 이름도 모르고 얼굴도 기억이 잘 안 난다. 솔직히 내 알 바가 아니고 알고 싶지도 않다.

애초부터 이 캠프는 나와 전혀 어울리지 않았다. 나의 특수한 상황이 아니라면 절대 오지 않았을 것이다. 특수한 상황이란 엄마가 없고 엄마 역할을 대신해 주는 미혼의 이모가 있단 것인데, 이 캠프 역시 이모의 야심 찬 계획에 따른 거라 끝까지 거절하기 힘들었다. 이모가 아니라 엄마의 권유라는 평범한 상황이었다면 과감하게 거절할 수 있었으리라. 듣기로 이 캠프는 학교장 내지는 교과목 선생님들의 추천을 받아 선발된 우등생들이 모인다고 들었다. 그래서 이 캠프를 거쳐 간 많은 애들이 '수시로 명문대를 갔네 어쩌네' 하는 소리를 듣기도 했거니와 이 캠프의 명성은 익히 오래전부터 공부 잘하는 애들의 입에 오르내리던 걸 나도 주워들어서 알고는 있었다. 어차피 귀는 늘 열려 있으니까. 아무튼 그런 이유로 처음부터 이 캠프에 가기 싫다고 격렬하게 저항했다.

"아, 이모! 제~발."

"잔말 말고 가. 이건 하늘이 준 기회야. 내 동창 빽 아니면 너한테 차례가 오는 덴 줄 알아?"

그러게. 절대 차례가 올 일이 없는 이런 캠프에 나를 밀어 넣으면 어떤 결과가 나올지는 뻔한 사실이다. 이건 드럼세탁기 안에 빨래를 넣는 종류의 일 같은 게 아니니까. 내가 그곳에서 할 수 있는 것은 딱 한 가지일 것이다. 잘난 애들 사이에서 대차게 깨지기. 자존심은 박살이 나고 쪽팔림으로 칠갑을 한 채 터덜거리며 집으로 올 것이다. 그래도 하나 건질 게 있다면 이런 수준 높은 캠프를 다녀왔다는 이력은 남을 테니까. 내용이야 어찌 되었든 간에 자소서에 글자 한 줄은 더 얹을 수 있을 테니까. 그것만으로 만족하라는 설득에 울며 겨자 먹기 식으로 버스에 탔다. 사실 도리질을 치며 입으로는 싫다고는 했지만 처음부터 '이모에게 보답하는 마음으로 참고 가자'

라는 생각은 있었다. 여느 엄마 이상의 역할을 해 주기 위해 늘 불철주야 애쓰는 이모의 성의를 저버릴 수가 없으니까. 엄마가 아닌데 엄마 역할을 하는 이모에게 난 늘 빚쟁이가 된 기분이 든다.

캠프 장소는 강원도의 모 대학교 수련원. 낮은 산을 등에 업고 강가를 끼고 지어진 커다랗고 낮은 수련원 건물은 느긋하게 보였다. 넓고 헐렁한 복도에 볼품없는 커다란 유리창 사이로 부드러운 햇살이 드리우고 한구석에 늘어진 거미줄은 무심한 듯 낮은 바람에 춤을 추고 있었다. 잡혀 있는 벌레도 없고 집주인인 거미도 보이지 않는 걸로 봐서는 아마도 오래전에 폐업한 것 같았다. 창틀 위를 기어가는 허리가 짤록한 개미도 전혀 부지런한 걸음이 아니다. 느적느적 방향을 잃은 듯 놀이 삼아 나온 개미처럼 보인다. 모든 게 느슨한 곳. 그래서였을까? 처음 버스 탔을 때의 긴장 따위는 잊어버리고 이곳에서의 시간을 '콧바람 외출'이라고 이름 지어 붙였다.
이름 짓기 놀이는 내가 종종 하는 일이다. 내 의지와 상관없이 코너에 몰렸다고 느낄 때, 그래서 몸과 마음이 쪼그라드는 기분이 들면 난 여지없이 유체 이탈을 한다. 물론 상상으로 하는 일이지만, 일단 그 상황을 벗어나서 새로 이름을 붙인 상황 속으로 다시 들어가는 식이다. 한 대 맞기 전에 내가 먼저 주먹을 내둘러 선빵을 날려 상황에게 일종의 선수를 친다고나 할까? 예를 들면 뭔 소리인지 하나도 못 알아먹겠는 수학 시간은 '상상 시간'이라고 이름을 바꾼다. 그리고 마음껏 상상하면 즐거운 시간이 된다. 수학 샘이 앞에 멀쩡하게 서 있지만 내겐 상상 시간이다. 내가 그렇다면 그런 거다. 어쩔 수가 없다. 아무리 선생님이라 한들 내 머릿속으로 들어올 재주는 없으니까. 그리고 할아버지의 무한 반복되는 잔소리를 듣고 있어야 할 때도 '집중력 훈련 시간'이라 이름 짓고 할아버지의 인중에 초점을 두고 한곳만 바라보며 집중하면서 청력의 초점을 없애는 훈련을 한다. 그러면 진짜로 아무것도 안 들리고 머릿속이 맑아진다. 뭐, 과학적 근거는 없다. 그냥 해 볼 뿐이다. 아무튼 이 캠프는 문학이고 뭐고 상관없이 그냥 나만의 '콧바람 외출'이다. 그렇게 정하니 마음은 편해지고 주눅 들 일도 없어졌다. 지금부터 이곳의 모든 사람들은 내 콧바람 외출의 들러리다.

화장실 거울 앞에 서서 혼자 콧노래를 흥얼거렸다. "잘난 사람 잘난 대로 살고 못난 사람 못난 대로 산~다." 이모는 애답지 않은 노래를 한다고 늘 질색하지만 내가 즐겨 부르는 소절이다. 전곡은 모른다. 단지 이 가사가 내겐 확실하게 각인되어 이 대목만 무한 반복할 뿐이다. 흥이 난 김에 개다리춤이라도 추려는데 갑자기 화장실 칸막이 안에서 어떤 애가 나왔다. 놀라 엉겁결에 손을 씻는 척하는데 칸막이에서 나온 애가 거울을 보며 말했다.

"하던 거 계속해."

"뭘?"

"율동."

난 소리 죽여 킥킥거렸다. 그러자 아이는 거의 혼잣말에 가까운 이야기를 읊조리기 시작했다.

"근데 너 여기 백일장에서 상 타면 상금 있는 거 알아? 그거나 탔으면 좋겠다. 핸폰 바꾸게. 젠장! 근데 그게 쉽겠어? 맨날 독창성, 창의성 뭐 이딴 걸 본다고 하지만, 그게 심사위원이 여러 명이라 의견을 합쳐서 평균치를 내다 보면 결국은 늘 진부한 결론이 나오는 거지. 그래서 '앗!' 이런 작품이 아니라 '아~' 할 만한 맨날 거기서 거기인 작품이 상을 타더라고. 진부함은 예술의 무덤이야. 문학은 인간의 마음을 다루는 거니까 예술의 꽃이라고 할 수 있는 건데. 그리고 꽃이란 건 사람들의 주목을 받을 만큼 돋보여야 꽃이 아니겠어? 그런데 진부함이 말이 되냐, 안 그래?"

뭔 소리를 하는지 잘은 모르겠으나 저런 구체적인 불만이 있는 걸 보니 문학에 나름 조예가 깊은 게 분명해 보였다. '예술의 무덤' '예술의 꽃'이라니……. 처음 보는 나를 상대로, 그것도 화장실에서 떠들어 대기엔 너무 거창하지 않나? 이렇게 말하고 싶었지만 꿀꺽 삼켰다. 난 이곳에서 누구에게든 주목받고 싶은 생각은 추호도 없으니까. 단지 나 혼자만의 콧바람파이고 싶을 뿐. 아이는 말끝에 '넌 어때?' 하는 표정을 내걸고 나를 바라보고 있었지만 난 마치 내

성적인 아이라 차마 입을 못 떼는 것처럼 최대한 수줍은 척하며 몸을 틀어 화장실 밖으로 내뺐다. 속으로는 '그럼 안녕! 우린 달라' 이렇게 외치며. 아마 그때 세면대 위에 내 파우치를 올려놓고 그냥 나왔나 보다. 엄밀히 말하면 에이미의 파우치지만.

강당에 모여 입촌식을 하고 배정받은 방으로 갔다가 문학 특강이란 걸 들으러 강의실로 갔다. 계단식으로 된 대형 강의실에 앉아 있는데 어떤 샘이 앞문으로 들어와서는 고양이 그림이 있는 파우치를 들고 "이거 주인 있어요?" 하고 물었다. 난 놀라 "아, 네!" 하고 파우치를 받으러 앞으로 갔다가 마침 강사가 들어오는 바람에 본의 아니게 맨 앞자리에 앉아 강의를 들어야 했다. 문학 특강이라더니 어느 시인의 결코 특별할 것 없는 문학 입문 계기가 지루하게 이어졌다. 시인의 가정사와 성장 과정까지 배경 지식처럼 꼼꼼히 뱉어 내는 걸 듣고 있으려니 너무 졸려서 미칠 것만 같았다. 난 사이사이 크게 고개를 끄덕이면서 졸음을 내쫓았다. 그렇게 특강이 끝날 즈음 강사가 느닷없이 나와 눈을 맞추더니만 질문을 했다. 제일 호응이 좋은 수강자라며. 내가 고개를 크게 끄덕인 이유를 완전히 오해한 강사는 문학에 대한 열의가 대단한 학생이라며 호들갑을 떨었다. 심지어 내 외모에서도 문학적 아우라가 풍긴다며 오버했는데 강의가 지루했던 것에 대한 속죄를 저런 식으로 하나 싶을 정도였다. 질문의 내용은 '이 문학 캠프에 거는 기대'였다. 기대? 끌려오

다시피 한 내게 기대랄 게 있을 리 만무하다. 다만 나의 소박한 바람이라면 '무사히 이 시간이 흘러가는 것'뿐이다. 코끝을 스치는 바람처럼 경쾌하고 간결하게 내 삶의 일부가 되는 그런 평범하고 무난한 시간이 되길 바랐다. 그래서 '이 캠프에 기대하는 바는 일체 없음' 이렇게 말하고 조용히 다음 사람에게 바통을 넘기고 싶었지만, 애석하게도 아우라 운운하는 강사를 실망시킬 만한 배포가 내겐 없었다. 칭찬은 고래도 춤추게 한다던데 하물며 사람인 내가 어떤 식으로든 최소한의 보답은 해야겠기에 부지런히 머리를 굴렸다. 뭔가 그럴싸한 대답을 찾느라 무진 애를 썼지만 오히려 머릿속은 하얗게 번져만 갔다. 문학이란 게 말 그대로 학문의 일종이라 나와 친하지 않은데 할 말이 있을 리 없었다. 그래서 어릴 적에 동화책을 읽던 경험을 되짚다가 나도 모르게 말을 꺼냈다.

"전 문학작품 속에서 다른 사람의 인생을 보면서 위로를 받았습니다. 그러므로 제게 문학은 위로이며 길을 찾기 위해 바라보는 북극성 같은 존재입니다. 이 캠프에서 다른 사람들의 북극성 이야기를 듣고 싶습니다."

평소 문학에 대해 골똘히 생각해 본 적은 단 한 번도 없었지만 정말 솔직한 나의 마음이 실타래 풀리듯이 술술 나왔다. 뱉어 놓고 보니 정말 그랬다. 『빨강머리 앤』이나 『톰 소여의 모험』을 읽으면서 주인공이 엄마가 없을 수 있고 없어도 된다는 사실에 크게 위로받았고, 엄마가 없어도 징징대지 않고 잘 지내고 심지어 훌륭하게 자랄 수도 있다는 사실에 진심으로 안도했다. 내게 엄마가 없다는 사실을 열등감으로 남기지 않아도 된다는 걸 확인하는 시간이기도 했으니까. 그리고 중학교 때 「모란이 피기까지는」이란 시를 읽었을 때엔 내 맘을 들쑤시던 그 묘하고도 비합리적인 감정이 '찬란한 슬픔'일 수 있다는 걸 유추하고 내가 비정상이 아님에 또다시 안심하기도 했다. 그래도 북극성이란 표현을 쓰다니……. 내가 생각해도 절묘하단 기분이 들어 스스로 머리를 쓰다듬어 주고 싶을 정도였다. 사실 고백하자면 '북극성'은 우리 이모가 운영하는 카페의 이름이다. 이모가 카페를 열던 날, 밤거리를 헤매다 갈 곳 없는 사람들이 와서 위로가 되라고 그런 이름을 지었다고 말했던 게 생각이 나서 벤치마킹을 한 거다. 어쨌거나 문학이랑 엮어서 써 보니 정말 그럴싸한 것 같았다. 어차피 위로라는 건 이 세상 누구에게나 다 필요한 거니까 그런 게 아닐까 싶었다. 그리고 그건 나만의 생각이 아닌 듯 강사는 내 말에 감탄의 박수를 쳤다. 촐싹대지 않고 천천히. 그것도 세 번씩이나 힘주어 깊은 박수를 쳤다.

"김나래 학생! 북극성이라…… 좋은 비유예요. 문학의 효용성을 북극성에 비유하다니. 저는 오늘 제 성장 과정을 통해서 바로 이 이야기를 하고 싶었던 거죠. 제 인생을 이끈 문학. 이렇듯 문학은 삶과 괴리될 수 없는 무엇인 거죠. 문학은 삶을, 삶은 문학을 서로 이끌며

가는 거랄까? 아, 그럼 나래 학생은 어떤 작품을 쓰고 싶은가요?"

'전 아무것도 쓰고 싶지 않아요'가 솔직한 대답이었지만 여전히 내 눈을 보며 뭔가를 채근하는 듯한 강사의 눈빛이 너무 애절해서 그만둘 수가 없었다. 게다가 이미 박수까지 받은 다음이 아니던가. 그래서 '어쩌지?' 하고 방황하듯 눈동자를 굴리는데 고맙게도 강사가 부연 설명을 했다.

"그러니까 제 질문은…… 학생이 작품을 쓸 때 가치를 두는 대목이 무엇인지……."

"창의성이요. 진부함은 예술의 무덤이니까요."

'아차! 아까 화장실에서 만난 아이에게 들은 말을 바로 써먹다니…….' 진한 후회가 밀려왔지만 이미 늦었다. 뱉은 말을 거둘 틈도 없이 잽싸게 강사는 또 박수를 쳤으니까.

"바로 그거예요. 여러분! 어린아이의 눈이 반짝이는 건 순수하기 때문이죠. 창의성을 가진 문학도 갓 태어난 어린아이와 같아서 결국 반짝이는 북극성으로서의 제 역할을 다 하겠죠? 제가 오늘 강의 중에 여러분만의 무엇을 이끌어 내라고 했던 말이 바로 창의성, 즉 진부함은 예술의 무덤이란 나래 학생만의 창의적인 표현처럼 저 역시 바로 그걸 말한 겁니다."

강사는 내가 한 말마다 '자기가 했던 말이 바로 그거'라며 엮어 대면서 나를 연거푸 칭찬했다. 내가 마치 강사의 바람잡이라도 된 기분이 들 정도였다. 어쨌거나 나로서는 태어나서 처음 들어 보는 극찬이라 몸이 붕 뜨는 기분이 들었다. 강사는 급기야 강의를 마치면서 다 같이 박수를 쳐 주자고 선동까지 했고 난 돌아서서 캠프에 온 아이들을 향해 인사까지 해야 했다. 이제 끝이려니 했는데 그건 시작에 불과했다.

방으로 들어와서 그 강사가 내로라하는 유명한 원로 시인이란 걸 알았는데 또 하나 새롭게 안 사실은 유명한 사람이 '최고'라고 하면 그 근거가 어떠하든 간에 알아보지도 않고 사람들이 다들 속된 말로 '뻑간다'는 걸 처음 알았다. 사실 내가 일어서서 뱉은 몇 마디 말이 그렇게 엄청난 것도 아니건만 당황스러울 만큼 다들 나를 대접해 주었다. 그건 시시각각 확인할 수 있었다. 복도를 걸어가면서도 힐끗대는 눈길이 느껴졌고 방에서는 이미 나를 방장으로 뽑아 놓은 데다 진행 요원인 선생님도 급식실에서 밥을 먹고 있는 내 등을 두들겨 주고 지나갔다. 처음엔 정말 부담스러웠는데 차츰 그 분위기에 익숙해졌다. 아니, 익숙해질 정도가 아니라 난 사람들의 기대에 부응하기 위해 자꾸만 오버하게 되었다. 조별 작업을 할 때도 전 같으면 절대 입도 뻥긋하지 않을 일에 나서서 말을 하고, 내가 한 말이 지지받으면 그 뒤로는 조금 더 거침없어지는 나를 발견했다. 그렇다고 내가 뭐, 대단한 의견을 제시한 것도 아니다. 예를 들어 조별 작품을 적는 패널의 바탕색을 다들 노란색으로 하자고 하기에 내가 나서서 아마 노란색이 많이 나올 테니 우리는 주황색이 어떠냐고만 말했을 뿐이다. 물론 실제로 다른 조별 작품들 사이에서 우리 작품이 튀어 보였던 건 사실이지만, 그 뒤로는 뭐든 나를 중심으로 아이들이 이야기를 끌어가는 걸 느꼈다. 시를 읽고 감상평을 말하는 시간에도 난 그냥 내 멋대로 이야기한 거 같은데 다들 넘치게 감탄해 주곤 했다. 시라는 게 개인의 감상이 더 중요한 거라 귀에 걸면 귀걸이고 코에 걸면 코걸이처럼 받아들여진 것 같다. 덕분에 '아, 내게 이런 재주가 있었구나' 하면서 자신감이 붙어 우쭐해졌다. 저녁 급식 시간엔 조원들과 밥을 먹을 때 "복숭아 맛 요플레로 바꿔 줄 사람?" 하고 말하자 아이들이 서로 바꿔 주겠다며 나서는 바람에 난 조금 더 기고만장해졌고 급기야 내 식판을 대신 치워 주겠다는 애를 말리지도 않았다.

그날 밤, 나는 이층 침대에 누워서 캠프에 오길 잘했다고 혼자 뇌까리며 이모에게 고마워하는 마음을 연거푸 되새겼다. 하지만 마음이 백 프로 편한 것만은 아니었다. 나를 내리누르는 듯한 부담감이 없었던 건 아니다. 일단은 저녁 급식당에서 맞은편 구석자리에서 나를 쏘아보는 듯한 눈길이 느껴졌는데 힐끗 보니 화장실에서 만났던 그 애였다. 치뜬 듯한 눈매와 한쪽이 약간 실그러져 비꼬는 듯한 입매로 나를 바라보고 있었다. 한마디로 떫은 표정이었지만 그렇다고 그 애가 나한테 와서 따진 것도 아니고 또 따질 만큼 내가 크게 잘못한 일도 아니란 생각이 들었다. '진부함은 예술의 무덤'이란 표현은 분명 그 애 입을 통해 들었지만 어쩌면 그 애에게 듣기 전부터 나 역시 알고 있었을지도 모른다며 합리화를 했다. 하늘 아래 완벽하게 새로운 건 없는 법이니까. 그 애의 전유물이 아니라고 계속 생각하니 마음에 걸릴 게 하나도 없었다. 다만 내가 정말 신경이 쓰이는 건 당장 내일 있을 백일장이었다. 문학 캠프의 하이라이트이고 캠프의 꽃인 백일장. 처음엔 '망신이나 당하지 말아야 할 텐데' 하는 걱정만 했는데, 서서히 내 안에 어떻게든 수상하고 싶다는 욕망이 끓고 있는 게 느껴졌다. 바글바글 낮게 끓고 있지만 아주 존재감 분명한 욕망이었다. 그간 시를 써 본 적도 없는 애가 수상을 바라다니 터무니없는 생각이라고 할지 모르겠지만, 한편으론 답이 있는 수학 시험 같은 게 아니니 어쩌면 가능할지도 모른단 근거 없는 자신감도 생겨나서 꿈틀댔다.

그래서였을까? 잠을 자면서도 밤새 달리는 꿈을 꾸었다. 사람들이 옆에서 나를 향해 박수를 치는 바람에 달리기를 멈출 수가 없는 꿈이었다. 아침에 일어났을 땐 탈진한 기분이 들었는데 아닌 게 아니라 세면대 거울을 보니 다소 낯선 모습의 내가 있었다. 분명 난 이 캠프를 가벼운 콧바람 외출이라고 이름 붙였는데 콧바람은커녕 코에서 단내가 날 정도로 달리고 있는 기분이 들었다. 다소 피곤하지만 절대 포기할 수는 없는 알싸한 승리의 맛. 그래서 난 꿈에서처럼 이미 멈출 수가 없었다. 아침을 먹으러 가는 길에 지휘 본부 근처를 지나가면서 '백일장 주제를 미리 알고 있으면 유리하지 않을까?' 이런 생각까지 다 하고 있었으니 말이다. 정말 나답지 않았다. 고작 하루 만에 이럴 수 있다는 게 신기할 따름이었다.

그러다 에이미의 파우치를 발견한 건 아침 식사 후였다. 어떤 애가 밴드를 찾길래 파우치를 열었는데 낯선 물건이 가득한 걸 보고 그제야 바뀐 걸 알게 되었다. 그런데 파우치 안에 들어 있는 얇은 수첩을 열어 보고 회심의 미소를 지었다. 에이미의 수첩엔 보물이 드글드글했다. 이곳 문학 캠프 안에서만 유용한 보물들이다. 난 에이미에게 그런 재주가 있는지 몰랐는데 수첩엔 놀랍게도 시가 빼곡히 적혀 있었다. 영어로 쓴 에세이 같은 글도 있고 사이사이에 한글로 쓴 시가 여러 개 있었다. 그건 에이미가 쓴 게 분명한 자작시들이다. 왜냐하면 몇 번씩이고 고쳐 쓴 흔적이 보였기 때문이다. 난 화장실로 들어가 천천히 읽었다. 나 같은 문외한이 읽어도 수작이란 걸 금세 알 만한 시가 바글바글한 수첩 속 글을 읽으면서 난 마음이 뿌듯함으로 서서히 차오르는 듯한 기분을 느꼈다. 우연이 빚어낸 이런 종류의 행운은 어쩌면 운명이 손쓰고 있는 거라는 생각도 막연하게 한 것 같다. 준비된 우연이랄까? 그러니 수첩을 읽는 순간부터 난 에이미의 시를 도용하게 될 거란 걸 알고 있었는지도 모른다. 화장실에서 만난 아이에게 들은 말을 아무렇지 않게 내 것인 양 썼듯이 말이다. 그리고 그래도 된다고 생각했던 건 에이미는 어차피 이곳에 사는 아이가 아니니까 크게 상관없다고 혼자 정리도 했다. 나중에 에이미에게 말하면 얼마든지 '익스큐즈' 해 주리라는 확신까지 있었으니까. 어깨를 들썩이며 '아이 돈 케어' 하는 에이미의 모습을 머릿속에 떠올리고 나니 마음이 한결 편했다.

"김나래!"

내 이름이 불리고 단상 위로 올라갈 때의 기분은 가히 환상적이었다. 상장을 주면서 원로 시인은 아주 뿌듯한 표정을 지어 보였는데, 그 표정에는 '내 그럴 줄 알았다'라는 의미도 담겨 있었다. 나 역시 기대에 부응했다는 뿌듯함에 눈을 맞추며 미소를 지어 보였지만 단상을 내려올 때 얼굴은 화끈거릴 정도로 불콰해졌다. 그건 기쁨이 빚어낸 홍조라기보다는 죄책감이 더 컸기 때문이다. 백일장 시제에 맞추느라 백 프로 다 에이미의 시를 베껴 쓴 건 아니지만, 에이미의 시 속에 나온 그럴싸한 시적 표현을 여러 구절 구석구석 인용했는데 심사위원들이 심사평을 할 때 그 대목을 꼭 집어 '시적 표현과 은유, 비유가 탁월했다'고 말했으니 죄책감으로부터 완전히 자유로울 수는 없었다. 그래도 상금은 에이미와 사이좋게 나눠 가지면 될 거라 합리화하고 나니 그나마 마음은 편해졌다. 그 덕인지 캠프촌에서 퇴소하여 집으로 가는 버스 안에서는 에이미에 대한 생각은 거의 다 잊었다. 대신 집으로 가서 이 소식을 알렸을 때 이모가 얼마나 기뻐할지 상상하면서 시종일관 벙긋거렸다. 엄마 대신 나를 돌봐 준 이모에게 확실한 보답이 될 거라는 생각에 숙제를 다 하고 난 뒤의 개운함마저 들었다.

하지만 차창 밖을 보며 전형적인 시골 풍경을 보다가 유리창에 비친 내 얼굴과 언뜻 마주칠 때마다 조금씩 마음이 무거워졌다. 지난 이틀을 떠올리자니 너무나 비현실적인 기억으로 남아 있어서 이 모든 게 꿈인 것 같았기 때문이다. 그래도 엄연히 내 가방 안엔 상장이 들어 있으니 현실을 편하게 누려도 된다고 나를 다독이며 가방 속으로 손을 밀어 넣고 상장이 들어 있는 하드케이스를 만지작거리기도 했다.

휴게소에 도착했을 때였다. 버스에서 내려 화장실로 가는데 누군가 뒤에서 "에이미" 하고 부르는 소리가 들렸다. '동명이인인가 보네?' 생각하며 뒤돌아보고 싶었지만 차마 그러지 못했다. 지금은 에이미를 떠올리고 싶지 않으니까. 그런데 화장실에서 나오는데 누군가 또 "에이미" 하고 연거푸 부르는 소리가 들렸다. 환청인가 싶을 정도로 반복되는 그 소리에 할 수 없이 돌아봤다. 그런데 놀랍게도 그곳엔 그날 화장실에서 만났던 아이, 나를 향해 떫은 표정을 지어 보이던 바로 그 아이가 서 있었다. 난 뭐라고 응대해야 할지 몰라서 당황했다. '왜 나를 에이미라고 부르지? 대체 쟤가 어떻게 에이미를 알지?' 그 순간 추측할 능력이 없어 내 눈동자가 마냥 흔들리는 반면에 그 아이의 눈빛은 마치 나를 꿰뚫어 보는 듯했다. 내 머릿속 생각을 다 읽어 내고 있다는 듯이. 그래서 난 마치 실수로 뒤돌아본 것처럼 무심하게 다시 몸을 돌려 앞으로 걸어가려 했다. 그러자 그 애가 말했다. 확신에 찬 말투로.

"넌 에이미가 아니야."

나에게 하는 말이 분명했지만 난 그냥 내처 걸었다. 그러자 그 애는 내 뒤로 바짝 다가와서 또 말했다.

"난 알아. 넌 에이미가 아니야."

피한다고 끝날 일은 아닌 것 같아서 돌아서서 말했다.

"그래, 난 김나래야."

"아니, 넌 까마귀야."

"뭐?"

"남의 걸 잘 주워 먹잖아?"

"무슨 소리야?"

"넌 에이미가 아닌데 에이미가 쓴 시도 써먹었고 내 말도 자기 말처럼 써먹고 그랬잖아?"

내 파우치를 주워서 강의실로 가져온 애가 바로 이 아이고 그때 파우치를 열어 봐서 에이미의 수첩까지도 다 봤을 거라 유추가 되었다. 그리고 두 번이나 뒤에서 '에이미' 하고 나를 부른 건 내가 에이미인지 아닌지를 확인하려고 그런 거란 결론이 서자 나도 모르게 말을 만들어 내기 시작했다.

"에이미는 내 영어 이름이야."

이미 엄청난 거짓말로 얻어 낸 달달한 노획물에 맛이 들린 나는 또다시 거짓말을 했다. 그 애의 입을 성공적으로 막았다고 생각했지만 그 애는 나를 향해 예의 그 떫은 표정을 지어 보였다.

"노! 유 아 낫 에이미. 쉬 리브즈 인 캐나다."

간단한 영어지만 결코 예사롭지 않은 발음이었다. 이모가 선망해 마지 않던 원어민 발음. 그러곤 뒤이어 내게 알려 줬다.

"모르나 본데…… 그 수첩엔 에이미가 쓴 자기소개가 있어."

난 시를 베끼느라 정신이 없어서 수첩에 적힌 긴 글은 아예 보지도 못했다. 물론 영어라 읽고 싶지도 않았지만 말이다.

"그러니까 넌 에이미란 애의 파우치를 훔쳤거나 주운 거지."

"아냐! 난 도둑이 아니야. 에이미는 내 친구라고."

도둑이 아니란 말을 하려다 보니 나도 모르게 허겁지겁 진실이 나왔다. 그러자 그 애는 고개를 천천히 흔들며 말했다.

"그렇다면 넌 친구의 시를 훔친 거니까 도둑이 아니라고 말할 수는 없어."

그 말을 듣는 순간, 온몸이 떨려 오기 시작했다. 그제야 내가 얼마나 엄청난 잘못을 했는지 와닿았다. 들키기 전까지는 크게 나쁜 짓이 아니라고 생각했던 내가 이제야 잘못을 느낀다는 사실이 이해되지는 않았지만 어쨌거나 지금부터가 문제였다. 난 어떻게 해야 하는 거지? 지금부터 무슨 일이 벌어질지를 떠올려 보니 무서웠다. 다리가 후들거려 서 있기가 힘들 지경이었다. 난 그 애에게 물었다.

"그럼, 나…… 어떻게 해야 해?"

어쩌면 난 그 애에게 구걸을 하고 있는 걸지도 모른단 생각이 들었다. 그 애에게 차마 모른 척해 달라는 말을 대놓고 못 하지만, 본능적으로 난 그걸 바라고 있는지도 몰랐다. 그리고 순식간에 또 다른 아이러니한 감정도 내 머릿속에 스쳤다. '넌 다 알았으면서 그럼 왜 가만있었어?' 이렇게 그 애에게 따지고 싶은 감정까지도. 아니, 내가 처음 그 애가 한 말을 도용했을 때 그날 오후 식당에서 나한테 따졌더라면 내가 에이미의 시를 베끼는 일은 벌어지지 않았을 거란 생각에 터무니없는 원망까지도 하고 싶어졌다.

"나한테 뭘 묻는 거야?"

"아니, 나…… 아니, 너 어쩔 건데?"

주위를 둘러보며 작은 소리로 속삭이듯 말했다. 그러곤 내가 처분만 바란다는 표정으로 그 애를 간절히 바라보자 그 애는 말했다.

"어쩌다니? 이건 너의 일이야."

"응?"

조금 쉽게, 조금 구체적으로 이야기해 주면 좋으련만 아이는 그럴 생각이 없는 것 같았다. 운동화 앞코를 바닥에 콩콩 내리치더니 갈 자세를 취했다. 난 그 애가 달리기라도 하려는 게 아닌가 싶어져서 두려웠다. 이대로 달려서 인솔자 선생님들에게 고자질하러 가겠구나 싶어서 나도 모르게 그 애 팔을 두 손으로 잡아 버렸다. 그렇게 팔은 잡았지만 입으로는 아무 말도 못 했는데 그 애가 내 팔을 털어 내며 말했다.

　"이건 네가 벌인 일이고, 그 결과도 다 네 몫이야."

　내가 한 일의 대가를 온전히 다 치르라는 말 같아서 무서웠다. 그 짧은 순간에도 내 머릿속엔 실망하는 표정의 이모와 아빠, 그리고 비웃으며 손가락질하는 익명의 아이들 얼굴이 비눗방울처럼 떠올랐다. 그리고 뒤이어 자연스레 이어지는 생각. 어쩌면 SNS까지 퍼질 수도 있으리라. SNS에 한 번 퍼진 이야기나 소문은 온전하게 되돌아오는 길은 없다. 그곳에는 시시비비를 가리는 것과는 아무 상관 없이 물어뜯기만 하는 하이에나들이 산다. 그러니 일이 알려지면 난 아마 다시는 평범한 학생이 될 수 없을지도 모른다. 정말 무서워 나도 모르게 그 애의 팔을 더욱 세게 쥐었다. 어떻게든 막고 싶었다. 어떻게든 막고 싶다는 생각이 강해질수록 죄책감보다는 나도 모르게 그 애에게 화가 나기 시작했다. 정말 알 수 없는 일이었다. 그래서인지 내 의지와는 상관없는 말이 입 밖으로 나왔다.

"넌 왜 남의 물건을 뒤졌어?"

"뭐?"

"그렇잖아. 남의 물건을 허락도 없이 뒤지고 또 수첩까지 다 본 거잖아, 안 그래?"

말을 해 놓고도 '이건 아니지' 싶었지만, 이미 엎질러진 물이었다. 그러자 그 애는 왼손으로 내 손을 걷어 내고 팔짱을 끼더니 아주 평화롭게 말했다.

"그딴 식으로 초점을 흐릴 필요는 없어. 난 아무 짓도 안 할 거야. 방금 말했듯이 이건 백 프로 네가 벌인 일이야. 사실대로 돌려놓을지 어쩔지도 네가 결정하겠지. 그것으로 네가 앞으로 까마귀로 살지, 아님 반성하고 다시는 반복하지 않는 괜찮은 사람이 될지가 결정될 거야. 그러니 너만의 일이라는 거야. 물론 너로 인한 피해자들, 그 상을 탔어야 할 아이의 문제도 남지만……. 당장이야 누군지 모르니 어쩔 수 없겠지만, 네가 준 그 피해는 언젠가 살면서 네가 치르게 될 거라고 난 믿어."

그러곤 그 애는 뒤돌아 자기가 타고 온 2호차 버스를 향해 천천히 걸어갔다. 난 그 자리에 서서 한 발짝도 뗄 수가 없었다. 내가 저지른 거짓말의 족쇄가 너무나 무거워서 한 발도 들 수가 없었다. 그 애 말대로 이 일의 진실을 알리고 아니고는 내 몫이라고 생각하니 더 무거웠다. 내가 치러야 할 그 몫이 무엇일지 생각하기도 싫다.

그리고 까마귀로 살게 될 수 있다는 그 말도. 하지만 지금 내게 제일 시급한 문제는 선택의 기로에 놓여 있다는 것이다. 거짓말의 족쇄 위에 유혹이라는 탈출구까지 얹혀 있어서 더더욱 힘들었다. 어느 대목부터 바로잡아야 하는 건지 알 수가 없다. 내가 어떤 선택을 할지도 몰라 괴로웠다. 다만 캠프를 오기 전으로 돌아갈 수 있다면 얼마나 좋을까? 그 생각만 하게 된다. 그리고 차라리 내가 휴게소 마당에 박혀 있는 동물 모양의 인형이 되어 버렸으면 좋겠다는 말도 안 되는 생각만 간절해진다.

저 멀리 내가 타고 온 1호차 앞에 선 인솔 샘이 얼른 타라고 수신호를 보낸다. 저 버스만 타면 2호차와는 결국 다른 노선으로 갈 테니 다시는 그 애와 만나지 않아도 된다. 갑자기 유혹이 봄 햇살처럼 환하게 퍼진다.

'저 버스만 타면, 그렇다면 이 문제도 덮이지 않을까? 이번만 지나가면 되잖아? 다음부터는 까마귀로 안 살면 되잖아? 이번만, 이모와 아빠에게 이 상장을 보여 드리고 활짝 웃게 해 드리는 거야. 이번 한 번만.'

버스에 무사히 올라 자동문이 치~익 하고 닫히는 소리까지 듣자, 마음이 한결 편해진다. 휴게실에서의 아수라장 같던 마음에 하얀 물감이라도 덧칠해 놓은 듯 깨끗해진 기분이 든다. 버스를 탔으니 모든 게 덮일 거라고, 상황이 종료된 거라고 애써 마음을 다잡았다. 그 애도 아무 짓도 안 하겠다고 했으니 나만 덮으면 된다. 나만 없던 일로 하면……. 그렇게 정리하고 차창 밖을 바라보는데 뒷자리 누군가가 통화하는 소리가 들린다.

"엄마, 가는 중이야."

'엄마' 하는 소리에 갑자기 가슴이 덜컹 내려앉는다. 돌아가신 엄마가 떠올랐다. 실체로 잡히거나 보이지는 않지만 어딘가에 분명히 계실 우리 엄마.

아, 엄마!

내가 보여 드릴 상장에 이모도 아빠도 다 기뻐하겠지만, 엄마는…… 이 모든 걸 알고 있을 엄마는 절대 그렇지 않겠구나 싶으니 마음이 한없이 무거워진다.

어쩌지?

너와 짝이 될 수 없는 이유

이건 일종의 재난 상황이라고 할 수 있겠다. 적어도 내겐 그렇다. 어떤 이에겐 가벼운 일상이 누군가에겐 엄청난 스트레스로 와닿을 수 있다는 걸 왜 사람들은 모를까? 숙제를 하는데 굳이 짝을 지어서 해야 할 일이 뭐가 있담? 더더군다나 단둘이 하라니…….

"선생님, 그냥 저 혼자 하면 안 되나요?"

"하주경, 이건 이름하여 조별 과제야."

"전 그냥 혼자 하고 싶은데…….'

"조, 별, 과, 제라고! 여기서 '조'라 함은 일정한 목적을 위해 조직한 소규모의 집단을 뜻하거든? 같이 십시일반으로 힘을 모아서 내라는 거지. 언더스탠?"

"그러니까 다른 애들이 다 같이 나눠서 엔 분의 일을 할 걸 저는 혼자서 다 하겠다는 거잖아요. 남들보다 덜 하는 게 아니라 더 하는 건데 대체 왜 안 된다는 거죠?"

샘은 발끈한다.

"애, 진짜 말귀를 못 알아먹네? 이건 더 하고 덜 하고의 문제가 아니라니까!"

열받은 샘은 앞머리를 입으로 후 불어 날리더니 몸을 틀어 내 옆에 선 꺼벙한 아이에게 삿대질하며 묻는다.

"너, 강희찬, 학교에서 왜 이런 걸 너희에게 시킨다고 생각해?"

"뭘요?"

"야, 뭐긴 뭐야! 조별 과제 말야."

샘은 얼굴이 달아오르기 시작했고, 꺼벙해 보이는 아이는 역시 자기 외모에 어울리는 답을 했다.

"그게…… 저흰 아직 주제를 안 잡았는데……."

"아니! 조별 과제라는 방식을 학교에서 택한 이유가 대체 뭐겠냐고!"

"아, 그건…… 서로 다른 애들이 힘을 합쳐서 한 가지 주제에 대해 가장 좋은 결론을 도출하는 법을 배우라고 한 것 같습니다."

"그래, 같은 게 아니라 그런 거야. 협동과 커뮤니케이션을 배우라고. 그래서 일부러 조별 과제 방식을 택했는데, 니들이 전학에, 결석으로 뒤늦게 합류하는 바람에 한 조에 다섯 명씩 짜고 남은 게 너희 둘인 거지. 걔들은 이미 미팅도 여러 번 하고 진도가 나갔다니, 이제 와 너희 둘이 다른 조에 붙기도 그렇고 해서 같이하라는 건데 뭐가 말이 이렇게 많아? 둘이 빨리 협업을 하라고, 주제 잡고 조사하고 토론하고……. 자, 고고!"

"넵."

냉큼 대답을 하고 뒤돌아서는 아이와 달리 버티고 선 나에게 샘은 말한다.

"전학생, 넌 왜 안 가? 싫어도 해. 선택의 여지는 없어, 알았지? 가."

선택의 여지가 없다는 말에 가려는데 샘은 다시 말을 잇는다.

"근데 전학생, 넌 의도가 뭐야? 성적 때문에?"

내가 아니라고 고개를 세차게 흔들자, 샘은 갑자기 혼잣말하듯 혹은 '너만 들어라' 하는 식으로 말했다.

"너도 참 매너가 그렇다, 얘. 사람 바로 옆에 세워 놓고 같이 안 하겠다고 그러면 쟤는 뭐가 되니? 걱정 마. 희찬이 쟤 공부 잘해."

교무실에서 쫓기듯 나왔지만 난 한 발짝도 움직이기 싫었다. 한순간에 매너 없고 싸가지 없는 점수 벌레로 전락한 것 같아 짜증이 났다. 이마 한가운데 짜증이 그어진 채로 얼어붙은 듯 복도에 서 있는데 희찬이란 애는 눈치 없이 가지 않고 한 발짝 멀리서 내 쪽을 바라보며 서성이고 있었다. 그 정도는 굳이 고개를 돌려서 보지 않아도 알 수 있으니까. 아이는 잠시 뒤 굵은 저음으로 내게 물었다.

"하주경, 안 가?"

"……."

"같이 가자."

대체 어딜 같이 가자는 건지 짜증이 올라왔다.

"내가 너랑 어딜 가?"

"나랑 어딜 가자는 게 아니라, 가자고. 거기 계속 서 있을 수는 없잖아."

"됐어. 내 맘이야."

"알아. 니 맘인데. 그래도 내 맘은 네가 거기 그렇게 서 있는 걸 두고 가기가 힘들어."

황당하다. 대체 내 일에 왜 자기 맘을 들먹이는 걸까. 난 저 거머리 같은 애한테 벗어나고 싶어서 발을 쿵쾅이며 밖으로 나왔다. 내 뒤를 따르는 그 애의 실내화 끄는 소리가 '쿵-찍 쿵-찍 쿵-찍' 하며 원치 않는 합주를 했다.

운동장을 가로질러 걸어가는 길은 길고도 긴 순롓길처럼 여겨졌다. 혼자 가고 싶은데 뒤따라오는 그 애의 그림자가 석양빛에 운동장 한가운데에 길게 그리고 나란히 져서 도저히 혼자 가는 모양이 안 된다. 솔직히 이런 그림조차 싫다. 그렇다고 따라오지 말라고 할 수도 없다. 어차피 쟤도 가는 길일 테니까. 교문 가까이 오자, 그 애는 혼잣말하듯 그러나 내게 말하는 게 분명한 이야기를 했다.

"이해해. 조별 과제가 싫을 수 있어. 말이 협동심이지, 보면 늘 그렇더라고. 도와준다고 말만 하고 안 하는 애, 잠수 타는 애, 헛다리 짚는 애, 쉽지 않아. 결국 안달복달하는 애만 혼자 다 하게 되는데…… 혼자 다 하면 약 오르기도 하고……. 걔들은 점수를 거저먹는 거잖아."

정말이지 더 이상 참을 수 없었다.

"야! 그거 아니거든!"

내가 소리치자 그 애는 눈이 동그래졌다.

"뭐가?"

"점수 때문이 아니야."

"그럼?"

"……."

"나라서? 나랑 같이하는 게 싫은 거야? 왜? 내가 싫어? 난 거저먹지 않을 건데……."

완전 어이없다. 어떻게 이런 이야기를 아무렇지 않게 물을 수 있담?

"난…… 혼자가 편해."

교문 밖으로 나오자마자 때맞춰 켜진 파란불을 보고 후다닥 길을 건넜다. 그리고 마을버스 정류장 앞에 서 있는데 길 건너 맞은편 정류장에 선 희찬이 내게 '잘 가'라는 입 모양을 하며 손을 흔들어 댔다. 눈을 어디다 둬야 할지 몰라 미칠 것 같았다. 그렇다고 등을 획 돌리는 것도 유치하다. 강한 부정은 긍정으로 보일 수 있으니까. 난 그냥 무표정하게 그 애를 바라보고 있기로 했다. 그런데 그 애는 어쩌나 밝고 환하게 웃으며 손을 흔들어 대는지 햇살 사이로 팔랑이는 나뭇잎 같단 생각이 순간 들었다. 햇살 사이로 빛이 묻어난 찬란한 나뭇잎의 흔들림은 절대 나쁜 게 아닌데……. 그걸 보고 있는 내 입엔 욕이 고였다. '고만해라 미친놈아.'

처음엔 나를 당황하게 만든 그 애가 싫어서 그랬다고 생각했는데 마을버스에 앉아 가만히 생각해 보니 내가 뱉은 욕은 어쩌면 내 자신을 향한 걸지도 모른단 생각이 들었다. 환하게 웃으면서 손 흔드는 절대 선의를 향해 '미친놈'이란 말을 내뱉는, 그런 역설적인 행동을 하는 내 자신이 너무 싫었다. 내가 나를 싫어하게 둘 수는 없었다. 그러니 난 나를 보호하기 위해 무언가를 해야 했다. 그러기 위해서는 일단 어제 같은 상황을 만들지 않아야 한다. 누군가 내 경계 안으로 들어와서 원치 않는 손짓을 하지 않도록 경계 설정을 확실히 해야 한다. 생각 같아서는 표지판이라도 내걸고 싶을 지경이다. '입구 없음' 이렇게.

내가 조별 과제가 싫은 이유도 바로 그거다. 누군가와 그룹으로 엮여서는 원치 않는 시간과 장소에 나를 데려다 놓는 일도 싫고, 모르는 애들 사이에서 어색함을 견디는 시간도 불편하고 그 그룹의 주도권을 잡은 애의 취향에 휩쓸려야 하는 일도 화가 난다. 또 그 안에서 뒷담화의 주인공이 되지 않게 주변을 둘러보며 자세를 낮춰야 하는 일도 싫다. 그런데 하물며 거기서 한술 더 떠 일대일 짝으로 엮이게 되면 더 짜증 난다. 상대가 하나라 상대적으로 비중은 더 커지고 그만큼 더 피곤해진다. 상대가 공을 던지면 나밖에 받을 사람이 없는 거니까.

난 혼자가 좋다. 혼자 있을 때 제일 안전한 기분이 들어 마음에 평화가 생긴다. 그래야 비로소 내 안의 모든 기능이 제 역할을 하니까. 마음도 두뇌도 표정도 심지어 식욕까지도. 내가 온전한 나로 존재할 수 있는 시간은 나 혼자일 때다. 그래서 난 나를 지키기 위해 우리 반 주소록을 뒤져 강희찬에게 메일을 보냈다. 어차피 과제는 해야 하니까. 내 쪽에서 먼저 룰을 정해 보내는 것도 방법이다. 난 담백하게 행동 강령처럼 번호를 매겨 보냈다. 메일로 서로의 의견을 나눠 주제를 정하고 각자 분량을 조사해서 메일로 토론하며 진행하자고. 뭐든지 비대면으로 거리를 두자고.


난 메일로만 하자고 했지 매일 보자는 게 절대 아니었는데 강희찬을 매일 보게 되었다. 책에 얼굴을 파묻고 외부 소음이 완전 차단되는 이어폰을 끼고 있어도 그 애의 들숨과 날숨이 빚어내는 뱃살의 움직임이 보이는 근거리로 그 애가 들어왔다. 내 짝이 되었으니까. 그것도 어이없는 일로 말이다.

지난 주말 교육청의 특별 시책으로 교실 안 사물함 교체가 있을 거라고 담임이 이야기하더니만 황당하게 그 여파가 나한테까지 왔다. 스물두 개의 으리뻑적한 사물함이 교실 안에 자리를 잡다 보니 책상 배열이 바뀌면서 빈자리로 있던 내 옆 책상 하나가 치워졌다. 그 바람에 옆줄로 자리를 옮겼는데 짝이 될 뻔했던 현승아가 칠판이 안 보이니 앞자리로 바꿔 달라고 하면서 한 명씩 밀려 밀려 어이없게 희찬과 내가 짝이 되었다. 사다리 타기를 하다 막판에 황당한 결론으로 달려가는 볼펜의 배신을 목격하는 기분이었다. 가방을 주섬주섬 싸 들고 내 옆자리로 굴러오는 희찬을 보며 '이건 뭔 일?' 하는데 담임 샘은 얄밉게 말했다.

"니네 같은 조끼리 잘 앉았네, 뭐."

사실 짝이 누가 된다 한들 크게 상관은 없다. 어차피 내가 공교육을 받는 동안이라면 교실 안 짝이란 존재는 불가피하게 받아들여야 하는 일이니까. 그냥 책상 같은 가구라고 생각하면 된다. 하지만 강희찬은 좀 다르다. 아니, 그냥 다른 게 아니라 아주 곤란한 애였다. 그 애는 앉자마자 내 책상을 노크하듯 두들겼다. 내가 일부러 왼쪽 이마에 손을 괴고 머리카락으로 커튼을 치고 고개를 푹 숙여 책을 보고 있는데도 말이다.

"똑똑똑!"

'대체 이게 뭐 하는 짓이람?' 난 태연히 못 들은 척하고 있었다. 하지만 그 애는 또다시 그 짓거리를 했다. '똑똑똑' 하고. '뭐야? 얘 초딩이야?' 이런 생각으로 인상을 구기고 있자 앞자리에 앉은 애가 짜증 난다는 말투로 뒤돌아 내게 말했다.

"야, 전학생! 누구 왔잖나! 문을 열든가 아님 쫓아내든가!"

난 할 수 없이 고개를 돌렸다. 그러자 희찬은 예의 그 맑고 밝은 표정으로 구김살 하나 없이 내게 말했다.

"안녕, 짝꿍?"

짝꿍? 유치원 때 이후로 처음 듣는 어휘다. 난 속으로 생각했다. 이건 완전 판단 미스다. 사실 내가 전학을 온 이유 중엔 물론 이사를 하면서 통학거리가 멀어 전학이 불가피한 것도 있었지만, 일단 전학을 하면 자발적인 왕따로 존재하기 편할 거란 의도도 있었다. 대부분의 아이가 느끼는 전학의 애로 사항, 즉 낯선 아이들 사이에서의 부적응이 걱정되어 엄마는 내게 전학 말고 통학을 종용했다. 하지만 난 그 이유 때문에 더 전학을 주장했다. 초등, 중등 동창도 없는 완벽하게 낯선 아이들 사이에 홀로 섬처럼 고요히 존재하고 싶다는 이유로. 물론 엄마에게는 통학하면서 시간을 뺏기는 게 공부에는 손해라고 둘러댔다. 그런데 내가 지금 이 시점에서 나의 판단 미스란 걸 뼈저리게 깨닫는 이유는 바로 강희찬 같은 애들 때문이다. 나에 대한 고정관념이 없는 저런 애들이 저렇게 함부로 아는 척, 친한 척을 할 수도 있다는 점. 적어도 먼저 다니던 학교 애들은 나에 대해 '쟨 원래 싸한 애'란 배경 지식이 있어서 아무나 들이대지 않았다. 그런데 무식하면 용감하다더니……. 이제부터라도 내 콘셉트를 아이들에게 확실히 보여 줘야 했다. 난 최대한 무표정한 얼굴로 고개만 끄덕였다. 절대 웃으면 안 된다. 웃음도 일종의 언어라 그걸 빌미로 달라붙을 수 있으니까. 그럼에도 불구하고 희찬은 여전히 환하게 웃었다. 이런 애와 짝을 해야 한다고 생각하니 급 피곤해진다.

이전 학교에선 대개의 아이들은 어쩌다가 호의를 보이다가도 내가 쌀쌀맞게 대하면 나가떨어졌다. 예를 들어 "네가 워낙 싸해서 말 걸기 어려워"라며 말을 붙이려 하면 난 "그러게. 어려운 일을 뭐 하러 해?" 이렇게 2단계 철벽을 치면 더 이상 대화는 없었다. 이 대목에서 대부분의 아이들은 혼잣말로 '지까짓 게 뭔데?' 혹은 '재수 없어'라고 읊조리며 돌아선다. 그게 당연한 세상 이치니까. 그러므로 대부분의 상황은 거기서 끝났다. 투지를 갖고 차단벽을 기어올라 애써 넘어오면서 나와 말을 잇고 싶어 하는 애는 없었다. 그런데 얘는 달랐다.

대꾸하지 않아도, 내가 시종일관 석고보드로 만든 마스크 같은 얼굴을 하고 있어도, 벙어리처럼 말 한마디 안 해도, 내게 하고 싶은 말을 다 했다. 마치 혼잣말처럼. '저 샘은 수업종 치기 10분 전에 피치를 올리거든? 이때 걸리면 아작 나니까 조심해야 해.' '오늘 급식 닭볶음이라 일찍 줄 서야 할걸?' '오늘 날씨 찐다. 공부하기 아까운 날이지?' 등등. 수업이 끝나 집에 갈 때도 꼭 간발의 틈을 타서 내게 잘 가라며 손을 흔들었고 심지어 복도에서 오가다 마주쳐도 반갑다고 손을 흔들었다. 마치 속도 밸도 없이 주구장창 꼬리를 흔드는 강아지처럼 말이다. 어쩔 땐 화가 치밀어 나도 모르게 혼잣말로 '저놈의 손모가지를 확 비틀어 놓든가' 하고 내뱉으면 괜히 자괴감이 들었다. 정말 힘들었다. '왜 내게 이런 시련이 온 걸까?' 하는 생각이 들며 한숨을 내쉬게 될 정도로.

강희찬은 존재 자체로도 내게 시련이 되었는데, 예를 들어 그 애의 무분별한 호의 표현은 또 다른 역효과도 불러왔다. 나야 어차피 애초부터 반 아이들에게 호감 캐릭터로 남을 생각은 추호도 없었지만 그렇다고 굳이 아이들 입에 오르내리며 씹히고 싶지는 않았건만, 희찬 덕에 반 아이들에게 배척당하는 상황이 되어 버렸다. 특히 여자아이들의 질투심을 자극한 셈이 되어 '뭐야, 쟤? 아니꼽게' '왜 쓸데없이 도도해?' '지가 얼음 공주인 줄?' 등등의 뒷담화를 들어야 했다. 난 억울했다. 단지 그냥 조용히 지내고 싶었을 뿐인데 희찬의 오지랖 같은 호의 때문에 내가 공격을 받아야 하다니…….
오죽하면 희찬의 호의가 '혹시 나를 곤경에 빠뜨리기 위한 위선이
아닐까?' 하는 의문이 들 정도였다.

물론 그게 아닌 건 안다. 본의 아니게 그 애의 행동을 찬찬히 관
찰해 본 결과, 그 애는 모든 사람에게 천성적으로 친절할 뿐이었다.
하지만 키 큰 애 옆에 작은 애가 유난히 더 작아 보이듯이 그 애 때
문에 내가 상대적으로 도드라지게 싸가지 없는 애로 전락하는 현
상은 대체 누가 책임져 줄 건지……. 세상에 뭐 이딴 일이 다 있담?
희찬을 조용히 불러내서 손이라도 잡고 제발 그러지 말아 달라며
읍소라도 해 보고 싶을 지경이었지만 설득할 자신도 없고 그 애의
선의가 고삐 풀린 말처럼 이상한 방향으로 튈까 봐 겁도 나서 아무
짓도 못 했다. 오히려 희찬 때문에 더 의기소침해졌다. 전보다 더
무표정해졌고 전보다 더 고개를 숙이고 더 주눅이 든 자세로 지냈
다. 교실에 들어설 때도 희찬이 큰 소리로 인사할까 봐 그리고 또
그 모습을 반 아이들이 볼까 봐 하수구를 드나드는 쥐처럼 몰래 들
고 나고 해야 했다. 체육 시간에 어쩌다 음료를 나눠 줄 때도 희찬
이 굳이 내 것까지 챙겨서 설레발치며 '짝꿍아' 하고 부를까 봐 무
서워서 먼저 얼른 나가 내 것을 받아 왔고 짝 지어 시합하는 체육
시간엔 아예 복통을 호소하면서 양호실로 뛰어가야 했다. 그렇게
지내던 중 급기야 누군가가 내 별명을 작명했고 반 아이들은 나를

등 뒤에서 '앨리'라 불렀다. 왜 앨리인지 이유는 전혀 몰랐지만 누구에게도 묻지 않았다. 대부분의 별명에는 나름의 히스토리가 있게 마련이지만 훈훈한 이야기가 뒤따라오지 않는다는 것쯤은 나도 살면서 터득했으니까. 그런데 어느 날 별명의 비하인드 스토리가 밝혀지는 일이 터졌다.

평일 오후 자율학습을 하는 시간, 유난히 날이 흐려 곧 뭐라도 쏟아질 듯이 음습했다. 모두가 졸음에 취해 엎어져 잔다 해도 하나도 이상할 것 같지 않은 그런 날, 어디선가 누군가의 핸드폰이 울렸다. 저음에서 고음으로 '짜잔 짜잔' 하면서 소리가 커지는 독특한 벨소리. 만화영화에서 긴장감을 조성할 때 주로 나오는 그런 음악이었는데, 무릎 담요를 덮고 퍼 자던 규호가 잠에 취한 목소리로 "앨리다!" 하고 외쳤다. 그러자 여기저기서 아이들의 키득거리는 웃음소리가 들렸고 다들 졸리던 참에 잘되었다 싶은지 하나둘씩 '짜잔 짜잔' 하며 따라 했다. 이 애 저 애, 입을 모아 거의 합창으로 번져 나갈 것 같은 분위기에 느닷없이 희찬이 목청 높여 물었다.

"근데 왜 앨리야?"

호기심이 드글드글한 표정에 너무도 천진난만한 목소리로 자세마저 미어캣처럼 반짝 세우고 말이다. 순간 난 아찔했다. 그리고 진심 놀라웠다. 이런 질문은 비공개적으로 그것도 본인이 없을 때 은밀하게 물어봐야 한다는 걸 전혀 모르는 강희찬이란 애가 놀라웠다. 이런 애가 공부를 잘한다는 게, 그리고 초등학교 때 전교회장을 했던 이력이 있다는 게 정말 아이러니하다고 생각할 즈음, 누군가 답했다.

"앨리게이터"

"앨리게이터? 악어?"

'짜잔…… 짜잔…….' 그 음악이 맞다. 악어가 나오는 음습한 늪지에 울리는 음악. 머릿속에 한 발씩 앞으로 내딛으며 걷는 악어의 모습이 떠올랐다. 난 얼굴이 붉어졌다. 악어. 왜 아이들이 나를 악어라고 하는지 안다. 사실 언젠가 여자아이들이 떠드는 소리를 얼핏 들었다. 인정하고 싶지 않아서 못 들은 걸로 했지만, 그때 그랬다. 내가 담요를 머리에 덮은 채 책상에 엎드려 있다가 고개를 들고 눈동자를 돌리면 얼굴에 비해 유난히 큰 안경을 쓴 내 모습이 마치 습지에 몸을 감추고 눈만 내놓은 악어처럼 보인다고. 아무하고도 말하지 않고 눈만 대굴대굴 굴린다고. 물론 속으로는 알고 있었지만 이렇게 공공연하게 알려지자 난 얼굴이 붉어지다 못해 눈물까지 고였다. 교실 바닥이 흙이라면 파고 들어가고 싶을 정도로. 아니, 늪이라면 악어처럼 몸이라도 담그련만. 한데 이런 내 맘을 전혀 모르는지 희찬은 큰소리를 쳤다. 분하다는 듯 목에 핏대까지 올리면서.

"왜 주경이가 악어야? 뭣 땜에?"

'그만하라고 미친놈아!' 하고 소리치고 싶었다. 그러나 내 속을 모르는 희찬의 오버는 계속되었다.

"누가 지은 거야? 뭔 별명을 그따구로 지어?"

난 속으로 생각했다. '강희찬은 엑스맨이다. 내 편을 들어 주는 것 같지만 사실은 나를 묻으려고, 힘주어 삽질을 하는 진짜 나쁜 놈이다. 어쩌면 앨리게이터라는 별명은 강희찬의 머릿속에서 나온 걸지도 모른다.' 이런 생각으로 얼굴이 팥죽색이 되어 가는데도 무뇌아 같은 희찬은 몸을 앞뒤로 돌리면서 씩씩댔다. 그러자 몇몇 애가 외쳤다.

"월~ 니들 사귀냐? 뭐 그렇게 대놓고 싸고 도냐?"

수업종이 치지 않았다면 아마 난 그대로 자체 폭발해서 공중분해가 되었을지도 모르겠다.


더 이상 참을 수 없었다. 난 분노해야 마땅했다. 그래서 귀갓길에 강희찬이 타는 마을버스 정류장에 서 있다가 그 애를 데리고 건물 뒤편으로 갔다. 그리고 다짜고짜 소리부터 질렀다.

"강희찬, 넌 개새끼야. 악어라고 부르는 애들보다 왜 악어냐고 떠드는 놈이 더 나빠. 그건 나를 두 번 죽이는 거야. 알아? 네가 제일 나쁜 놈이라고!"

"미안해. 앨리 그게 그런 뜻일 거라곤 상상도 못 했어."

"시끄러워."

"주경아, 미안……."

"여튼, 난 너랑 더 이상 짝이 될 수 없어. 그러니까 내일 그럴싸한 이유를 대서 담임한테 짝을 바꿔 달라고 해."

"왜? 왜 짝이 될 수 없어?"

"니 정체를 알았거든. 난 네가 방실방실 쪼개면서 사람 엿 먹이는 애란 걸 알아. 더는 당하고 싶지 않아. 난 혼자 조용히 있고 싶은데 그것마저도 너 땜에 못 한다고. 넌 나한테 친한 척하면서 짝꿍 짝꿍 그러지만 그거 나한텐 돌이야, 알아? 니가 뭔데 왜 자꾸 돌팔매질을 하는 거야?"

"돌이라니? 아니야."

"그게 돌인지도 모르는 게 니 죄야, 이 밥통아."

말하다 보니 점점 더 화가 났다. 난 내친김에 그동안 당한 걸 다 돌려주고 싶었다. 마침 희찬은 욕먹을 각오가 돼 있다는 듯 가만히 내 이야기를 듣고 있었다. 눈만 휑하니 뜬 채. 놀랍게도 그 애의 눈엔 그 어떤 적개심도 없었다. 아마 그래서 내가 마음 놓고 화를 냈던 것 같다. 여차하면 멱살을 잡을 수도 있을 정도로 호락호락해 보였다.

"그리고 강희찬 너 앞으로 나한테 절대 손 흔들지 마. 한 번만 더 흔들면 가만 있지 않을 거야. 멀리서든 가까이서든 반갑다고 잘 가라고 손 흔들지 말고, 커피우유 이딴 거 주지도 말고, 나 대신 방석 털어 오는 거, 급식 줄에 나 끼워 넣어 주는 거 하지도 말고 절대 웃지도 마. 쳐다보지도 말고 내 이름 부르지도 말고 아예 내 이름을 까먹어 버려."

말을 하면서 너무 과한 게 아닌가 싶었지만, 어차피 내친걸음이고 내가 진짜 하고 싶은 말이기도 해서, 그리고 무엇보다도 그동안 당한 분을 푸는 시간이니 아무려나 싶어 마구 뱉어 댔다. 거의 다 풀어냈을 즈음, 이젠 반격이 들어오겠구나 하며 희찬을 봤는데 그 애는 그냥 멀뚱하니 나만 바라보고 있었다. 내 상식으로는 이렇게 상대가 화풀이로 아무 말 대잔치를 하면 최대 욕을 하거나 최소 어이없어하는 표정이라도 지어야 하는데 강희찬은 달랐다. 예상치 못한 대사를 친다.

"넌 혼자인 게 왜 좋아?"

"뭔 상관? ……난 원래 그래. 그냥 그렇게 생겨 먹었어."

"아니야, 그렇지 않아."

순간, 황당했다.

'이건 뭐지? 뭐가 아니라는 거야? 내가 그렇다는데…….'

"타고난 게 아니라, 그럴 수밖에 없는 뭔 일이 있었던 거겠지. 상처를 입었다든가……. 그래서 움츠린 거지. 거북이가 몸통 속으로 목을 쏙 넣듯이…… 넌 방어를 한 거야."

분명 희찬의 눈빛은 비꼬거나 지적질을 하는 건 아니었다. 그보다는 연민이 담긴 눈빛이라 당황스러웠다. 도망치고 싶을 만큼. 희찬의 눈에 비친 진심이 나를 흔들어 내 마음속이 엉클어진 서랍 속처럼 아수라장이 될 즈음, 희찬은 자분자분 조심스럽게 내딛는 발걸음처럼 나직히 말했다.

"주경아. 그래서…… 네가 악어가 되고 싶은 거였구나."

"뭐?"

나도 모르게 입이 벌어졌다. 그냥 한 대 맞은 기분이랄까? 무슨 의도로 저런 말을 하는 거지? 하고 머리를 굴릴 필요도 없이 그냥 희찬의 진심이 확 와닿으면서 왈칵 눈물이 났다. 그동안 내가 쌓아둔 벽돌이 와르르 무너지는 기분이었다.

"너 힘들어서…… 그래서 그동안 악어처럼 숨어 있고 싶었구나. 힘들었겠다……."

희찬의 말에 그동안 빗장 질러 있던 마음이 마치 둑이 무너지듯하면서 눈물이 왈칵 쏟아졌다. 내 안에 언제 이런 눈물이 고여 있었을까 싶을 정도로 와 하고 흐르는 눈물. 난 아예 어깨를 들썩이면서 울었다. 희찬은 가만히 내 등을 두들겼다. 토닥토닥……. 자존심이 상해서 약간 비켜서긴 했지만 그렇다고 울음이 멈춘 건 아니었다. 이미 울음은 내 소관이 아니었으니까. 그냥 그렇게 서서 한참을 울었다. 울면서 생각했다. 맞다. 그동안 난 악어가 되고 싶었던 게 맞는 것 같다. 가까이 오지 말라고 일부러 악어처럼 보이기 위해 애써서 괴팍하게 지냈고 또 힘을 주어 아이들과 거리를 두었다. 혼자인 게 좋아서가 아니라 혼자가 되기 위해 악어처럼 지냈던 것 같다. 희찬의 말대로 방어를 했던 거다. 그동안은 그냥 그래야만 하는 줄로만 알았지, 왜 내가 그럴 수밖에 없는지에 대해서는 생각해 본 적이 없었다. 그런데, 꽝꽝 얼어붙은 내 맘에 희찬이 돌을 던져 균열을 낸 거다.

그러니까 방어의 시작은 그때부터라고 볼 수 있다. 내게 '가족의 비밀'이 떠안겨진 바로 그날. 어린 시절 유난히 선명하게 찍힌 그날의 기억이 있다. 희미해진 기억 사이로 그날의 기억만 해상도 높은 고화질의 사진처럼 내 안에 남아 있다. 그 기억에 커서를 대고 스크롤을 내리면서 확대하면 모든 게 다 보일 것만 같아 두려워서 차마 돌아보지 않던 기억 중 하나다.

초등학교 저학년이던 어느날, 세상이 흑백필름으로 바뀌어 버린 것 같은 그런 해 질 녘, 방과 후 어딘가를 쏘다니다 늦게 귀가했는데 골목길 막다른 곳에 위치한 우리 집 대문이 활짝 열려 있었다. 그 사이로 쏟아져 나온 불빛은 괴기했다. 그즈음 동네에 도둑맞은 집이 있었기에 온 동네가 문단속을 철저히 하던 때였으니, 우리 집 대문이 활짝 열려 있다는 것만으로도 기분이 서늘할밖에. 집은 텅 비어 있었다. 그리고 이 대목에서 아주 분명하게 머릿속에 찍힌 장면은 마루 한가운데 놓인 밥상이다. 누군가 밥을 먹다 말고 튕겨 나간 게 분명했다. 밥상은 말하고 있었다. '식사 중 일시 정지'라고. 밥은 반이나 남아 있었고 반찬들도 멀뚱하게 있었다. 그리고 마당 한가운데는 던져진 것처럼 팽개쳐 나뒹굴고 있던 신발 한 짝. 지금도 그려 보라고 하면 그 모양과 색상까지 그릴 수 있을 정도로 기억이 분명하다. 짝 잃은 신발은 허전하다 못해 불길한 기운마저 들었다. 그렇게 그 기억은 끝이 난다.

그리고 어슴푸레 떠오르는 그날 이후의 기억으로는 뒤늦게 헐레벌떡 뛰어온 이모가 나를 시골 외사촌 집에 데리고 갔고 거기서 며칠 지내고 온 뒤엔 집안 분위기가 정말 어색했다. 마치 손만 대면 쉽게 바스러지는 사브레 쿠키처럼 버석댔다. 그도 그럴 것이 이모에 고모, 친할아버지와 외할머니, 쉽게 섞이지 않을 조합의 사람들이 집 안을 들락거렸고 다들 방 안에서 수군거렸다. 더러 방 밖으로 어른들의 높아진 언성이 튕겨 나올 때면 막내이모는 잽싸게 나를 데리고 집 밖으로 나갔다. 그리고 이모는 둘러댔다. 실없는 사람처럼 이 말 저 말을 늘어놓거나 아니면 문방구에 데리고 가 내가 평소 갖고 싶어 하던 것들을 사 안겼다. 그렇게 내 정신 줄을 빼려고 했지만 그럴수록 내 안엔 의구심이 고이고 엮여 단단한 매듭이 되어 갔다. 물론 겉으론 이모가 원하는 대로 행동했다. 정신 줄이 빠진 척. 그러기를 바라는 이모의 마음을 고스란히 읽고 있었으니까. 엄마와 이모가 내 앞에서 애써 눈을 찡끗거리는데 그걸 본 내가 어떻게 그들이 원하는 대로 하지 않겠냔 말이다. 어른들은 아이들을 자기 마음대로 할 수 있다고 생각하지만, 사실은 아이들이 어른들이 원하는 대로 맞추려고 노력하고 자기 자신을 숨기기도 한다는 걸 전혀 모르는 것 같다.

그날 이후 사라진 아빠가 외국으로 출장을 갔다고들 했고 난 그 이야기에 주억거렸지만, 그게 사실이 아님을 반증하는 분위기는 어쩌지를 못했다. 젖은 빨래처럼 축 처진 엄마, 엄마를 위로하거나 눈치 보며 전전긍긍하는 이모들, 슬픔이 집 안 곳곳에 널려 있는 그 낮고 무거운 분위기를 내가 어떻게 감지할 수 없을 거라 다들 생각하는지……. 난 우울하지 않은 척하는 역할을 맡은 아역 배우처럼 천진난만하게 티브이를 봤고 해맑게 깔깔거렸다. 물론 일부러 그런 건 아니다. 집안의 우울을 감지할 땐 나 역시 힘들었지만, 대부분의 시간은 '알지만 모른 척해야 하는 현실'이 진짜 현실이라고 믿고, 또 그렇게 믿고 싶었기에 아무렇지 않게 웃을 수 있었다. 그래도 아빠에 대한 그리움마저 삼켜야 하는 일은 잔인할 만큼 힘들었다. 아무리 살갑지 않다 해도 아빠는 존재만으로 나의 일부를 채우는 사람인데, 내 안에 뻥 뚫린 구멍을 무엇으로 메꾸라고 다들 저렇게 잔인하게 나한테 모르는 척하라는 건지……. 아리고 쓰리고 고통스러

윘지만 그래도 난 시키는 대로 했다. 아니, 해야 했다. 난 비밀을 안고 있어야 하니까.

그렇게, 그날을 기점으로 나는 둘로 나뉘어 존재하게 되었다. 선명하게 기억하고 있어서 뭐라고 악다구니를 쓰며 그날의 진실을 알고 싶은 나와, 그 일을 모르는 채 뭔가를 알지만 모르는 척하고 살아야 하는 내가 존재하게 되었다. 쪼개진 두 개의 나를 건너다니는 일은 힘들었다. 그 당시엔 구체적으로 표현할 수 없었던 감정이지만 버겁고 무겁고 힘들고 외로웠다. 집안에서 나만 공유하지 못하는 감정, 나만 다른 옷을 입은, 당시에 우리가 즐겨 하던 '홀아비 찾기' 놀이에서 나만 홀아비가 된 기분이었다. 그래도 난 늘 모르는 나로 지냈다. 엄마를 비롯해 모든 어른이 내가 후자이기를 강요하고 있는데 어쩔 도리가 없었다. 가끔씩 엄마에게 불쑥 화가 나기도 하고 이모들이나 할머니, 주변 어른들에게 대들고도 싶어졌다. 하지만 그저 생각뿐이었다. 다들 쉬쉬하는 말을 정면으로 맞닥뜨려 끄집어낼 용기가 없었다. 나는 입을 다물었다. 아마 그즈음부터 말이 없는 아이가 된 것 같다. 마음에 생각이 차고 입 안에 말이 고이면 그냥 주머니 속에 있던 머리핀의 매끈매끈한 표면을 만지작만지작거렸다. 어디서부터 해야 제대로 된 말이 되는 건지도 모르겠고 그냥 사람들을 믿지 못하겠단 생각도 들고 그러니 차라리 섣불리 말을 하지 않는 게 낫다는 생각이 들었던 것 같다. 지금 돌이켜

보니 그날의 비밀이 나를 음지로 음지로 가라앉힌 거란 생각이 든다. 지금의 내가 악어가 되도록.

비밀이 생기면서 친구를 사귀는 일이 어려웠다. 조잘조잘 자기 이야기를 바닥까지 다 퍼내서 떠들어 대는 아이들을 보면 버거웠다. 내가 할 수 없는 일을 하는 애들이 부럽거나 그래서 열등감이 생겨서라기보다는 그냥 그 당시엔 친구가 되려면 서로 어느 정도 적정량의 이야기를 공유해야 한다는 룰이 존재한다고 믿고 있었기 때문이다. 그런데 그걸 할 수 없으니까 난 친구를 사귈 자격이 없단 생각이 들었다. 마치 차비가 없으면 버스를 못 타는 것처럼 말이다.

한번은 이런 일이 있었다. 중학생이 되고 첫 짝꿍이 된 유정이는 싹싹하고 말도 재미있게 잘하는 아이라 학교에 가는 게 즐거울 정도였다. 그런데 그 애가 특급 비밀이라며 사실 자긴 어릴 적에 고아원에서 자라다가 초등학교 때 입양되었다는 이야기를 내게 해 줬다. 그 이야기를 듣고 난 뒤부터는 그 애와 서서히 멀어지게 되었다. 입양되었단 사실은 아무렇지 않았지만, 그처럼 큰 비밀을 들었으니 그에 버금가는 비밀을 털어놓아야 할 것 같은 막연한 채무감에 시달린 탓이다. 아닌 게 아니라 그 애는 내게 이런저런 이야기를 털어놓을 것을 강요했다. 그 애가 내게 물어보는 질문은 정말 다양했다. 우리 집이 부자인지, 생리는 시작했는지, 살면서 해 본 제일 나쁜 짓은 뭔지, 좋아해 본 남자는 있는지 등등. 게다가 질문에 적합한 답이 이어지지 않으면 그 애는 자체 제작한 사지선다형 문항을 제시하고 번호라도 대라고 종용했다. 힘들었다. 그중에서도 제일 난감했던 건 왜 아빠 이야기를 안 하냐는 것과 더 곤란한 질문은 우리 집에 놀러 가면 안 되는 이유가 있냐는 것이었다. 난 거침없이 내 속살을 들추는 그 애가 불편해졌고 결국은 별것도 아닌 일로 싸워 급기야 공공연하게 절교 선언까지 하게 되었다. 유정은 나에게 '더럽게 잘난 척한다'고 비난했고 심지어 '배신자'라는 별명까지 붙여 유정이 새로 사귄 반 친구들과 같이 나를 전방위로 공격을 했다. 난 그 애의 비밀에 대해 그 누구에게 입도 뻥긋하지 않았는데 말이다. 그 경험은 나로 하여금 더욱 입을 다물게 만들었던 것 같다.

물론 가족의 비밀이던 아빠의 죽음에 관한 이야기는 중학생이 되던 해 공식적으로 들었다. 물론 내게만 공식적일 뿐, 그냥 '문을 여니 바람이 들어오네?' 이런 식의 시시한 일상처럼 나누던 이야기를 내가 주워들은 것뿐이다. 교복을 찾아오던 날, 거울 속의 교복 입은 나와 처음 마주한 그 설레는 시간에 등 뒤에서 엄마와 이모가 정말 아무렇지 않게 랩 배틀이라도 하듯 둘이 주고받았다.

"주경이 놀랄까 봐 쉬쉬하던 때가 엊그제인데, 아빠는 갔어도 애는 저렇게 크고, 어떻게든 산 사람은 이렇게 살아지네."

"그러게. 그렇게 가는 법이 어딨대? 형부 완전 이기적이야."

"애 아빠가 오죽했으면 그랬나 싶기도 해."

"사업 망한다고 다 그러면 이 세상 사람들 다 죽어 없어졌게?"

곤혹스러웠다. 물론 이미 알고 있던 사실이지만, 내게는 처음 공식적으로 아빠의 죽음에 대해 듣는 날이건만 마치 '오다 보니 버스 정류장에 새로 슈퍼가 생겼더라' 하는 투로 이야기해야 하는 걸까? 난 어떤 표정을 지어야 하지? 못 들은 체해야 하나? 교복을 입은 내가 거울 속에서 우왕좌왕하고 있었다. '드라마 줄거리는 1회분부터 차근차근 알아듣게 설명도 잘하더니만, 왜 내게 가장 중요한 사람이고 내 역사의 일부인 아빠 이야기는 왜 저렇게 깔고 앉아 뭉개면서 얼렁뚱땅 넘기는 걸까?' 하고 분개했다. 하지만 나 역시 그 엄마의 그 딸처럼 못 들은 이야기인 양, 교복 깃만 만지작거리며 넘겼다. 지금 생각하니 그 모든 게 다 나의 '방어의 역사'를 만든 소품 같은 과거사인 게 분명하다. 엉겁결에 껴안은 무거운 비밀이 나를 가라앉혔고, 나는 가라앉은 채 비밀을 감추기 위해 겹겹이 누더기를 걸치고 아무도 다가오지 못하게 했다.

울음은 구르는 바퀴처럼 내쳐 달리면서 어깨를 들썩이게 했고, 슬슬 종착역으로 들어서려는데 희찬이 말했다.

"짝꿍, 더 울어. 편해질 때까지 울어. 이 세상에 상처 없는 영혼은 없대. 속 시원해질 때까지 울어, 짝꿍!"

이상하고도 신기하게 '짝꿍' 하는 소리가 새삼 정겹게 들려서 조금 더 울었다. 아니, 어쩌면 나에게만 있는 상처가 아니란 말이 위로가 되어서 그랬는지도 모르겠다. 여튼 한참을 울다 집에 오니 비 온 뒤의 개운함처럼 마음이 이상하게 홀가분했다. 그동안 무엇이 나를 힘들게 했는지 이유를 알게 돼서인지도 모르겠다. 적을 알면 백전백승이라고 했으니까. 그렇담 난 이젠 이길 준비만 하면 되는 걸까? 막연한 희망에 하룻밤 잠을 달게 잤다.

주말 내내 묻혀 있던 기억을 꺼내 털고 빛도 쪼이고 바람도 쏘여 잘 갈무리하고 등교를 했다. 오늘은 어쩌면 내가 먼저 희찬에게 '안녕!'을 할 수 있을 것 같단 조짐을 느끼면서. 심지어 두근거리는 마음으로 교실 문을 열고 자리에 앉아 문소리가 날 때마다 고개를 돌리곤 했는데 안타깝게도 희찬은 등교하지 않았다. 그동안 할머니가 아프셔서 간간이 결석을 하더니 지난 일요일에 갑자기 돌아가셔서 삼일장을 치르느라 며칠은 더 결석을 하게 될 거라고 담임 샘이 말했다. 그리고 애들이 하는 얘기를 주워들은 바로는 희찬은 애기 때 부모님이 이혼해서 그동안 아빠랑 할머니랑 살았다고도 했다. 마음이 아팠다. 그냥 종일 마음이 허하고 그랬다. 들판도 아닌데 바람이 부는 것 같기도 했고. 희찬 할머니 소식 때문만이 아니라 그냥 내 옆자리가 비어 있는 게 마음이 시렸다.

그렇게 길고 긴 사흘을 보내고 목요일이 되었을 때 난 그 어느 때보다 이른 시간에 등교를 했다. 창가에 서서 체육복을 개키는데 저

멀리 운동장이 시작되는 부분에서 걸어오는 희찬을 발견했다. 너무 먼 거리라 실루엣만 간신히 보이는데도 이상하게 내 마음이 두근거리기 시작했다. 처음 느낀 묘한 감정이다. 살아생전 처음인 설렘에 갑자기 서 있는 게 힘들고 한편으론 소변이 마려운 것도 같아 안절부절못하게 되었다. 난 기껏 개킨 체육복을 다시 헝클어 사물함에 아무렇게나 쑤셔 넣고 자리에 앉아 책상 위에 엎드린 채 무릎 담요를 뒤집어썼다. 담요와 나, 우리 둘만의 오붓한 분위기 속에 있을 때 비로소 새로운 사실을 깨달았다. 희찬, 쟤와 내가 짝이 될 수 없는 새로운 이유를.

"이렇게…… 가슴이 떨려서야 어디……."

낯선, 다른 맛

"지은 지은 지은아. 있지 있지. 이거 봐봐봐봐……."

지흔의 달달한 목소리가 내 귓가에 착착 달라붙는다. 반복 호명은 우리 식의 애정 표현이다. 보통 이럴 때면 나 역시 '뭔데 뭔데 뭔데'라고 호들갑으로 운율을 맞추며 응대하지만 오늘은 생략했다. 내가 그러거나 말거나, 지흔은 내 팔을 잡아끌고 구석으로 데려가 자기가 생각한 콘셉트라며 유튜브 시놉을 들이밀었다.

"어때 어때?"

지흔이 내민 종이에 적힌 아이디어는 얼핏 재미있어 보였다.

"지흔과 지은의 다른 느낌? 그럴싸한데?"

"그치? 같은 옷 다른 느낌처럼 말야. 그런데 우린 학생이니까 요즘 베셀인 웹툰이나 소설을 놓고 너와 내가 다른 의견을 제시하면서 대화하는 걸 찍는 거야. 학구적인 척하면서 흥미도 끌도록 사이사이 연애 이야기랑 아이돌 품평회도 넣으면 재미있을 거 같아, 안 그냐? 괜찮겠지?"

"그러게."

"처음엔 '같은 화장법, 다른 느낌' 뭐 이런 걸로 여학생 팔로어를 끌어 볼까 했는데 그건 준비하는 시간도 만만찮을 거고, 재미도 주려면 좀 오버해야 하니까 먼저 이것부터 해 보자. 좋지?"

"근데, 다른 느낌이란 걸 강조하려면 우리가 반드시 의견이 달라야 하네?"

"그럼, 당근이지."

"생각이 같아도?"

"달라야지. 같아도 달라야지. 그래야 재미나지."

확신에 차 대답하는 지흔의 볼따구니에 보조개가 살짝 파였다 사라진다. 그게 오늘은 정말, 진심, 완전 얄밉게 보인다.

"그렇게 미리 정해 놓고 하는 거면, 결국 일종의 역할놀이 같은 거 아냐?"

"지은, 너 왜 그래? 아마추어같이?"

순식간에 내 입 안에 말이 고인다. '그래, 나 아마추어야. 어쩔래?' 차마 입 밖으로 말은 못 하지만, 마음은 한껏 뻗댄다. 완전 삐딱선을 타고 싶은 욕구가 바글바글 끓는다. 아니, 삐딱선 정도가 아니라

톡 까놓고 말하고 싶다. '야, 야! 지흔, 고마해라.'

"지은아, 생각 좀 해 봐. 대결 구도로 나가야 이야깃거리가 생길 거 아냐, 안 그래? 토론도 하고……."

지흔은 답답하다는 듯이 자분자분 내게 설명하지만 난 뒷이야기는 아예 귀를 접고 듣지 않았다. 토론? 토론은 개뿔! 솔직히 안 봐도 뻔하다. 저 주제로 하면 나만 개박살 날 게 뻔하다. 게다가 뭐? 아이돌 품평? 누구 인생 문 닫을 일 있나? 그래도 난 최대한 조심스럽게 말했다.

"근데…… 대결에다가, 감히 품평까지? 그건 쫌 위험할걸?"

그러자 지흔은 펄쩍 뛰었다.

"너, 소심충에 진지충까지 해 먹을라고? 그럼, 곤란해. 뭐 무서워서 뭐 못 한다더니……. 모험 없이 얻는 게 있겠어? 집 안에 있으면 감이 배달 오니? 적어도 나무 밑으로 가서 흔들기라도 해야지. 우리, 쫄지 말자고!"

'그래, 이지흔, 우리 같이 나무를 흔들었지. 근데 감은 다 니 입으로만 들어가더라? 난 그 옆으로 떨어지는 잔가지에 찔리기만 했거든? 너 몰라?' 마음속으론 이런 말이 착착 정리된 대사로 뜨건만 왜 한마디도 못 뱉는 걸까? '그리고 뭐? 소심충? 웃겨!' 속으로만 씩씩대느라 내 어깨가 벌떡거린다. 내가 괜한 걱정을 하는 건 절대 아니다. 이건 그동안의 경험에서 분명히 알게 된 사실이다. 별거 아닌 의견 대립에도 지흔의 예찬론자인 팔로어들은 나를 공격했다. 저녁 메뉴를 정하는 단순한 취향의 문제에도 지흔의 편을 드는 사람들은 '지가 뭔데?'라며 나를 공격했다. 그런데 하물며 다른 느낌을 주제로 하자고 하니…… 무언가를 대결 구도로 시작하면 반드시 편이 갈리고 팔로어 역시 서로를 공격할 게 뻔하다. 맞다. 개싸움이 될 거다. 무조건 자기편을 들고 내 편이 맞다는 걸 강조하기 위해 상대방을 공격하다 급기야 아무런 근거도 없는 인신공격으로 번지게 될 확률도 높다. 그들은 예전에도 나와 같은 초등학교를 다녔다며 내가 가 본 적도 없는 동네의 학교 이름을 대고, 구체적인 사건을 리얼하게 꾸며 내 나를 욕했다. 내가 지우개를 채로 쳐서 자기 머리에 뿌렸다나? 그 동네 가 본 적도 없다고 댓글을 다니까, 또 다른 누군가가 '누가 순순히 인정을 하겠냐'고 댓글을 달아서 그때 난 머리꼭지가 돌아 버릴 지경이었다. '이건 이것대로 좋고 저건 저것대로 좋네요' 하는 아량은 없다. 한쪽 편을 들면 반드시 다른 한편은 땅속에 파묻혀야 직성이 풀린다.

솔직히 지흔도 그 사실을 절대 모를 리 없는데 저걸 하자고 주장한다는 게 웃긴다. 아니, 웃기는 정도가 아니라 완전 어이없다. 나를 제물로 바치고 싶은 속셈일까? 놀랍다. 나에 대한 배려라곤 개미 눈곱만큼도 없으니…… 지흔이란 애가 원래 저렇게 이기적이고 자기중심적이기만 했던가? 그동안 내가 알던 이지흔은 어디 간 거지? 무려 5년 동안 쌓아 온 우정은 어디로 다 증발한 거지? 그건 애초부터 쌓이는 것이 아니었나? 그동안 우리가 얼마나 풀잎처럼 포개져서 쏘다녔고 우리가 얼마나 꽃잎처럼 화사하게 날리면서 하루하루를 같이 보냈는지, 그 기억은 혀로 아무리 밀어내도 꼼짝 않는 이처럼 단단하고 생생하게 느껴지건만 이렇게 허무하게 돌변하다니…….

몇 달 전, 지혼이 유튜브를 찍자고 했을 땐 이렇게 될 거라곤 상상조차 못 했다. 하긴 안다면 누가 시작하겠는가. 어느 날 핸드폰을 들여다보고 있던 지혼이 무심하게 말을 던졌다.

"지은아, 우리도 유튜브 찍을까?"

"특별한 소스도 없는데…… 찍을 게 뭐가 있다고?"

"어차피 우린 고딩이니까 그냥 일상을 보여 주는 거지."

"우리 일상? 넘 뻔하잖아."

"뻔한 맛이란 것도 있잖아?"

"그 맛으로 살아남겠어?"

"아님, 말지지 뭐! 난 그냥 우리 기록을 남기는 데 의미를 두자는 거야."

"우리 기록?"

"있잖아. 연예인들이 자기 미모를 간직하기 위해 화보집 찍어 두

듯이 우리도 공적인 기록을 남기는 거지. 화창한 여고생 시절의 한 때를 말야. 근사하지 않아?"

'우리의 공적인 기록' 그리고 '화창한 여고생 시절'이란 지흔의 말에 완전 솔깃했다. 브이로그 특유의 재미도 있고 또 익명의 누군가가 볼 걸 의식하면 좀 더 성의 있게 찍을 테니까 그렇다면 설사 유튜버로 이름은 남기지 못하더라도 실한 결과물은 남을 거란 계산이었다.

"좋아. 콜!"

그렇게 시작한 유튜브. 처음엔 마음 구석구석이 간질간질해질 정도로 좋았다. 유튜브의 대문은 '지은 앤 지흔'으로 내걸었다. 우리 둘의 이름이 넘 비슷해 다들 쌍둥이나 자매냐고 묻는 터라 일부러 이름을 내걸었고 내용 또한 우리 둘의 스토리로 시작했다. 첫 만남부터 우리가 가진 별명들에 대한 설명, 그간 있었던 해프닝에 가까운 이야기와 더불어 평범한 여고생들의 생활상 등등. 솔직히 보는 이들이야 뭔 재미일까 싶겠지만 첫 작업을 위해 대본도 미리 준비하고 읽기 연습을 하는 동안 우린 얼마나 잔재미가 퐁퐁 솟구치던지. 감칠맛에 시간 가는 줄 모를 정도였다. 하지만 촬영 직전 거울 앞에 둘이 나란히 섰을 때 브레이크가 걸렸다.

원래 우리는 똑같은 머리 스타일에 같은 교복을 입고 지흔만 모자를 쓰는 것으로 설정을 잡았다. 지은과 지흔을 구분하게 하자면서. 나름 독특한 아이디어라고 좋아했는데 막상 시작하니 지흔의 모자가 문제였다. 교복에 볼캡은 전혀 어울리지 않았다. 그렇다고 비니나 헌팅캡도 웃기고 베레모 역시 어울리지 않았다.

"편집할 때 지흔이 네 머리 위에 히읗 자를 그려 넣는 건 어때?"

내 아이디어에 지흔은 펄쩍 뛰었다.

"아, 싫어! 도깨비 같잖아."

결국 우리는 지흔네 엄마 옷장을 뒤져서 파나마해트라는 우아한 밀짚모자를 찾았지만 그마저도 교복과는 어울리지 않기에 결국 콘셉트를 바꿔 교복을 벗기로 했다.

"뭐, 어차피 방학이니까."

지흔과 나는 심플한 루즈핏 원피스를 똑같이 사 입고 지흔만 밀짚모자를 썼다. 밀짚모자 하면 빨간머리 앤처럼 해야 한다며 지흔은 양 갈래로 머리를 땋았다. 첫 동영상은 보고 또 봐도 설렐 만큼 신기했다. 지흔의 사촌오빠가 업로드해 줬는데 편집의 힘이라는 게 그렇게 엄청난지 처음 알았다. 우리가 찍은 걸 자르고 붙이거나 스피디하게 영상을 돌리기도 하고 허전한 부분엔 코믹한 자막도 써 주고, 그렇게 우리의 일상이 재탄생했다. 화면 속의 나를 바라보는 일은 처음엔 어색했지만 한편으로는 평상시에 몰랐던 나의 모습에 익숙해지면서 자기애가 솟아나기도 했다. 섣부른 자기애는 급기야 자부심으로까지 번져 마치 영화배우가 된 기분까지도 들었다. '뭐,

연예인이 별건가?' 이딴 생각도 했으니까. 물론 처음이라 조회수는 형편없었지만 내가 반복해서 돌려 보는 것만으로도 만족스러워 조회수 따위는 크게 신경 쓰지 않았다.

그러던 어느 날, 한 인터넷 신문 기자가 청소년 유튜버에 관한 기사에 우리 채널을 소개하는 바람에 갑자기 팔로어가 급증하기 시작했다. 숫자가 늘어 가자 원래는 잠깐만 봐주겠다던 지흔의 사촌 오빠가 친구까지 불러와 적극적으로 도와주는 바람에 질 좋은 영상을 꾸준하게 업로드할 수 있었다. 그러면서 점점 마음이 분주해져 하루가 어떻게 가는지 모를 정도가 됐다. 이제 내 삶엔 나만 있는 것이 아닌 게 되어 버린 기분이 들었는데, 그 기분은 묘했고 다소 번잡스러웠지만 설렜다. 익명의 누군가가 나를 늘 지켜본다는 느낌이 마음을 간지럽혔다. 길을 걷다가도 밥을 먹다가도 내내 유튜브에 올릴 소재에 대해 생각했고, 화면에 나올 얼굴의 각도나 표정 등등에 신경이 쓰여서 침대 옆과 책상은 물론이고 엄마 몰래 식탁 옆 후미진 곳에도 손바닥만 한 카드 거울을 사다가 붙였다. 늘 누군가를 의식하면서 나의 일거수일투족을 움직이려니 불편하고 또 일단 5분 간격으로 거울을 보게 되니까 공부에 집중할 수가 없어서 정말 소모적인 일이란 생각도 들었다. 그래도 한편으론 내 행동거지가 다듬어지고 더불어 우아해져 가는 것 같아 긍정적일 수도 있겠다고 합리화했다.

'그래, 행동 교정 기간이라고 생각하는 거야. 표정이나 몸짓, 말투 그런 게 사람의 이미지를 결정하는 데 얼마나 중요한 건데.'

심지어 잠을 자면서도 잔잔한 흥분을 느낄 정도라 아침에 눈을 뜨는 고역 같던 시간도 영상의 일부인 양 여겨져 경쾌하게 또는 우아하게 배우처럼 일어날 수 있었다. 이 모든 변화는 나만 느끼는 게 아니었다. 지흔 역시 나와 같은 증세였다. 덕분에 우리는 그 이야기로 한동안 교감을 나눌 수 있었다. '그치 그치' '맞아 맞아' 우리는 돌림노래처럼 맞장구를 치고 설레고 즐거워하고 적어도 며칠은 그랬다.

그런데 복병이 나타났다. 문제는 댓글이었다. 세상에 좋기만 한 일은 없다고 하더니만 생면부지의 사람에게 들어야 하는 악담은 숨이 턱턱 막힐 정도로 공포스러웠다. 물론 '좋아요'를 누르고 호의적인 댓글을 달아 주는 사람도 있지만, 욕설과 비아냥거림을 대놓고 적는 사람 때문에 당장 그만두고 싶었다. 하지만 지흔은 날 다독였다. 아마 유튜브를 찍기 전부터 악플에 대한 마음의 준비가 된 모양이었다.

"무슨 일에든 다 대가는 있는 법이거든. 난 이 일엔 악플이 그 대가라고 생각해. 악플러들을 일종의 벌레라고 생각하라고. 그냥 황홀한 여름밤 산책 길에 달려드는 모기 정도로 생각하는 거야."

모기라고 생각하니 조금 위안이 되었다. '그래, 맞아. 모기는 모기의 일을 하는 거지. 모기가 무는 거 외에 할 일이 있겠어? 그렇다고 모기가 개인적인 악감정을 가지고 나를 무는 건 아니잖아?' 이렇게 생각하니 한결 나아져 유튜브를 포기할 맘은 접을 수 있었다. 그래도 힘든 건 남았다. 모기 중에서도 그냥 따끔하게 물고 가는 욕설 모기는 차라리 괜찮은데 귓가를 뱅뱅 돌며 약 올리며 선전포고하는 모기는 참을 수 없듯이, 그야말로 근거를 가지고 거품처럼 뿜어내는 비난은 여전히 힘들었다. 예를 들어 '쟤는 미간이 너무 넓어 코를 중심으로 클립으로 한 번은 집어야 함'이라든가 '쟤는 왜 말할 때 데데거려? 이쁜 척이야? 아님 혀가 짧은 거야? 혀 단발을 했나 봐? 크크' 같은 댓글을 읽으면 그날은 종일 말을 할 때마다 내 혀에 대해 심각하게 고민하게 되어서 아예 입을 벌리고 싶지 않을 지경이 된다. 그래도 '저건 모기야'라고 생각하면서 견뎠다. 모기에게 물린 자국처럼 내 몸 어딘가는 부풀어 올랐지만 그래도 그게 자기 일을 할 수밖에 없는 모기의 흔적이라고 생각하며 저항력을 키울 수 있었다.

그런데 정말 정말 참을 수 없는 건 지흔과 나, 우리 둘을 놓고 저울질을 하는 일이었다. 한껏 물어뜯고 약 올리고 가는 모기가 아니라, 자기 느낌을 목청껏 꾸준히 노래하는 이들. 마치 여름밤의 개구리 합창처럼 줄기차게 떠들어 대는 스토리가 있는 댓글들 말이다. 지흔과 나, 우리 둘의 공통점과 우리의 우정과 훈훈한 스토리를 애써 늘어놓고 있는데, 목청 좋은 개구리들은 끊임없이 줄기차게 우리 둘을 저울 위에 올려놓고 비교했다. '오홍홍, 모자 쓴 애가 더 이쁘네' '쟤 뭔데…… 모자 쓴 애 말을 잘라 먹으려고 하네?' '원래 예쁜 애보다 안 예쁜 애가 더 나대는 법' '솔직히 둘이 묶이기엔 한쪽이 많이 손해 보는 장사인 듯. 누구라고는 말 안 함' 등등.

아무리 무시하려 해도 쉽지 않았다. 마치 글씨를 읽을 줄 아는데 눈동자가 못 읽는 척할 수 없듯이 그냥 저절로 그런 내용들이 마음에 들어와 엉덩이를 들이밀고 턱 앉는데 어쩌겠냔 말이다. 지흔은 내게 '무시 까'라고 말했지만, 무시해도 이미 맘에 들어온 그 스토리는 나를 할퀴었다. 그럼에도 불구하고 계속해서 무시하라고 강요하듯이 말하는 지흔이 더 얄미워졌다. '가진 자의 여유'란 생각이 들어서다. 주로 내 쪽에 악플이 많으니 더 그럴밖에. 난 이런 상태가 너무 싫었다. 개구리들의 목청 높은 소리가 싫은 게 아니라, 그 소리에 번번이 걸려 넘어져 똥통에 얼굴을 박는 내가 너무 싫었다. 더 고약한 건 그걸 누구에게든 쉽게 털어놓을 수 없다는 사실이다. 입 밖으로 꺼내면 자존심이 너무 상하니까. 그건 아예 똥통에서 구르는 격이 된다. 엄마와 이모는 '취향의 문제'라며 서둘러 날 위로했지만, 가재는 게 편인 게 뻔한 사실이라 그들의 이야기는 전혀 위안이 되지 않았고 설사 취향의 문제가 맞다손 쳐도 사람들이 지흔에게 너무 많이 주목하는 게 정말 마음이 상했다. 다리에 힘이 빠질 정도로.

난 속으로 모자 때문이 아닌가 하고 생각했다. 이건…… 비밀이지만 솔직히 나도 그것과 거의 비슷한 모자를 쓰고 거울을 봤는데 정말 뭐라 표현하기 힘든 묘한 매력이 풍겼다. 고로 지흔이 더 이쁘게 보이는 건 엄연히 연출 덕분이다. 그러니 지흔이 모자를 벗든가 내가 지흔과 똑같이 쓰든가 해야 한다. 그래야 공평하다. 그렇지만 나는 지은이고 걔는 지흔이라 불가능하다. 그렇다고 이름을 바꿀 수도 없는 일 아닌가 말이다. 결국 그 문제는 개학하여 둘 다 교복을 입으면서 간신히 해결할 수 있었다.

하지만 산 넘어 산처럼 또 다른 문제가 생겼다. 그동안은 지흔의 삼촌이 군대 가기 전 비는 시간에 편집을 도와줬지만, 이제 우리가 편집을 해야 했는데 그건 절대 쉬운 일이 아니었다. 죽었다 깨나도 모르겠는 수학 문제처럼 어려워서가 아니라, 시간이란 재화를 어마어마하게 투자해야 하기 때문인데 한 컷 편집만 3시간이 걸리고 제대로 된 10분짜리 영상을 만들려면 결국 8시간에서 10시간 가까이 투자해야 한다. 몇 번은 지흔과 둘이 같이해야 할 공부가 있다고 거짓말하고 우리 집에서 밤을 새웠다. 하지만 그건 부모님께 들키지 않고 오래할 수 있는 종류의 일이 아니었다. 결국 엄마 아빠가 브레이크를 걸고 나섰다. 밤샘 작업 끝에 내가 코피를 흘렸기 때문이다. 공부하다 흘린 피도 아닌데 지지받을 턱이 없었다. 게다가 작은아빠 딸, 그러니까 사촌 인경이 백혈병이란 무서운 병에 걸려서 투병

생활을 한 적이 있었는데 발병 초기에 코피를 자주 흘렸다면서 엄마는 '밤샘 용납 불가'라며 선을 그었다.

"이건 미친 짓이야."

"엄마도 처음엔 재밌다더니? 그렇다고 무책임하게 관둘 수는 없잖아. 우리 팔로어가 얼만데……. 그 정도 쌓기가 쉬운 줄 알아?"

"이 정도로 시간과 에너지를 투자해야 하는 건지 몰랐지. 그냥 학창 시절에 좋은 경험이겠구나, 그래서 지지한 거야. 근데 네가 직업으로 할 거 아니라면 여기서 멈춰야 한다고 생각해. 이 일은 그렇게 피 흘려 가며 할 만큼 중요하지 않다고 봐. 니 인생을 여기에 걸 게 아니라면 말야."

엄마가 막무가내로 야단을 쳤다면 나도 계속 우겼을 텐데 엄마는 낮고 고른 목소리로 말했고 무엇보다 내용에 설득력이 있었다. 특히 맨 마지막 '니 인생을 여기에 걸 게 아니라면 말야' 하는 말이 나를 흔들었다. 내 인생을 걸 만한 일은 아닌 게 분명했고 나 역시 지흔만 주목받는 일 때문에 충분히 마음에 상처를 입은 터라 유튜브 자체에 대한 회의감도 있었다. 특히 익명의 댓글로 난도질당한 경험은 결코 내게 이로운 일이 아니었으니까. 그들이 심심풀이로 던진 돌에 맞아 서서히 죽어 가는 불쌍한 개구리가 될 수도 있다는 상상은 특히 괴로웠다. 그리고 번번이 숙제를 못 해서 수업 시간에 마음 졸이는 일도, 또 스타일 구기도록 수업 시간에 상모돌리기를 하면서 조는 일도 이젠 더 이상 하고 싶지 않았다. 하지만 그럼에도 불구하고 순순히 백기를 들 수는 없었다. 새롭게 시작한 일을 쉽게 포기한다는 것도 자존심 상했고 무엇보다 지흔과의 약속을 깨는 일, 특히 '지은과 지흔'으로 묶인 이 상태가 풀어지는 것에 대한 두려움도 컸으니까. 그래서 지흔에게 조심스럽게 부모님 의견을 전했다. 그런데 뜻밖에도 지흔은 선선히 해결책을 제시했다.

"좋아. 내가 다 하지, 뭐."

"다 하다니?"

"편집, 내가 혼자 한다고. 넌 그냥 출연만 해."

"그걸 어떻게 혼자 해?"

"할 수 있어. 너도 알다시피 내가 잘하잖아. 어차피 편집은 혼자 하는 게 더 효율적인 면도 있어."

아닌 게 아니라 지흔은 나보다 다섯 배는 편집에 능했다. 그건 사실이다. 하지만 내 생각에 그건 지흔이 그만큼 재능이 더 있어서이기도 했지만 한편으론 유튜브가 지흔에게 많은 보답을 해 줬으니까 더 잘하는 거란 생각도 있었다. 비꼬는 게 아니라 정말이다. 칭찬은 고래를 춤추게 한다지 않던가? 그리고 또 목마른 놈이 우물을 판다던가? 그런 속담도 있듯이 말이다. 어쨌든 편집은 해결되었지만 다른 문제들은 여전히 남아 있기에 난 유튜브를 계속할지 갈등했다. 하지만 편집까지 혼자서 다 한다고 나서는 지흔의 순교자적인 헌신 앞에 아예 출연 자체를 안 하겠다며 초를 치는 일은 할 수 없어서 입도 못 떼고 시간을 뭉그적거리며 보내야 했다.

그런데 또 다른 일이 수면 위로 올랐다. 전날, 지흔이 업로드한 동영상을 보고 있자니 기분이 살살 안 좋아지기 시작했다. 분명 둘이 같이 찍었는데 편집은 거의 지흔 위주로 되어 있었다. 한강으로 현장학습 간 내용을 찍었는데 내 모습은 주로 옆모습이거나 혹은 악다구니 치는 장면이라든가, 아이들 소음 속에 섞여 존재감 없이 묻히는 것들로만 일관돼 있었다. 그에 반해 지흔의 것은 달라도 너무 달랐다. 지흔이 포커스된 장면엔 반짝이는 특수 효과 처리가 된 것도 있었다. 아무리 티를 안 내려고 해도 얼굴이 화끈거릴 정도로 차이가 확연했다. 그중에서도 제일 화가 나는 대목은 내 왼쪽 뺨에 덴 자국이 있어서 그쪽으로 찍힌 장면은 편집할 때 꼭 빼야 한다는 걸 절대 모를 리 없는 지흔이 놓쳤다는 거다.

"뭐야?"

"응? 뭐?"

지흔은 퉁명스러운 내 말투를 충분히 감지했을 텐데도 명랑하게 대답했다. 그 점도 화가 났다. '정말 몰라?' 하고 따지고 싶었지만 간신히 참고 말했다.

"내 왼쪽 뺨."

"어머! 놓쳤나? 아, 쏘리!"

내가 '아' 하면 '어' 하던 지흔. 꿍짝이 이렇게 잘 맞을 수 있나 싶을 정도로 서로에 대해 기막히게 마음을 잘 헤아려 주던 친구라고 생각했는데 그게 아닌 것 같았다. 난 정말 지흔이 낯설어서 미칠 것 같았다. 마치 오늘 처음 만난 애처럼 여겨질 정도였는데 정작 하이라이트는 그다음이었다.

"이지은, 넌 어젯밤 푹 잤지? 나 어제 편집하느라 밤 꼴딱 새웠거든? 그런 나를 상대로 오른쪽 왼쪽 따지고 싶니? 그 뺨이 그 뺨이지 뭐, 솔직히 사람들한텐 잘 보이지도 않아. 암튼 너 여러모로 매너 지린다. 고생했다고 인사는 못 할망정 '뭐야?'가 첫마디라니 쫌 어이가 없다. 야! 매점 가서 빵이랑 우유나 사 와 봐. 나는 졸고 있을 테니까."

한편으론 지흔이 이해되지 않는 바는 아니었다. 그래서 군말 없이 매점으로 가는데 서운한 마음이 자꾸만 울컥울컥 올라왔다. 내 왼뺨의 흉터를 가려 준다고 연예인들이 쓰는 컨실러라며 해외 직구로 구입해서 정성스럽게 발라 주던 예전의 지흔이 떠올라서다. 흉터 제거 수술은 대학에 들어가면 해 주겠다는 우리 엄마의 말에 같이 분개하며 우리 둘이 돈을 모아 보자는 제안까지 하던 바로 그 지흔이 맞나 싶었다. 나에 대해 오백 프로 공감하는 친구라고 생각했는데 그게 아니라 공감마저도 자신의 필요에 의해 선택한 거라는 생각이 드니 쓸쓸해졌다. 그래도 애써 마음을 고쳐먹었다. 어쩌면 나야말로 밤샘 작업한 지흔에 대한 공감 부족일지도 모른단 생각으로 시소의 무게 균형을 맞추듯이 지흔에 대한 서운한 맘을 간신히 달랬다. 그럼에도 유튜브 다시보기를 하고 있자면 화가 났다. 하지만 참았다. 참기 힘들지만 참고 참고 또 참았다.

그랬는데, 오늘은 또 저런 소재를 들고 와서 찍잔다. 내 마음속이 시끄러운 줄 모르는 지흔은 태평하게 종이를 말아 마이크처럼 입에 대고 말했다.

"그러면 우리 무슨 책으로 할까? 아니다. 책보다는 웹툰이 낫겠네. 솔직히 유튜브 들어오는 애들이 얼마나 책을 읽겠어? 네가 내일 인터넷 뒤져서 조사 좀 해 봐. 아님, 걔, 웹툰 덕질하는 경록이한테 물어서 요즘 뭐가 잘나가는지 알아봐! 알았지?"

"아니, 근데⋯⋯."

"뭐? 뭐가 또 근데야?"

"난 그거 위험한 주제 같아."

"아, 또 뭐가 위험해?"

"편 가르기 하면⋯⋯."

"편 가르기 아닌 게 어딨어? 세상 놀이 중에 편 가르지 않고 할 수 있는 게 뭐가 있어, 안 그래? 동네 놀이터에서도 '뒤집어라 엎어라' 해서 편 갈라 노는데⋯⋯."

지흔에게 야속한 마음이 솟구쳤다.

"난 댓글 공격받는 게 무섭거든? 넌 니 일이 아니라고 그렇게 쉽게 말하니?"

"헐, 여기에 니 일 내 일이 어딨다고? 그리고 난 뭐 악플 없는 줄 알아?"

"나만큼은 없잖아……."

"어떻게 똑같아야 해? 그걸 꼭 바라는 거야? 뭔가를 하다 보면 이 럴 수도 있고 저럴 수도 있는 거지. 넌 손해 보는 건 절대 못 해? 어 떻게 그렇게 이기적이야?"

엥? 말하다 보니 내가 나쁜 애가 되어 있었다. 황당해서 입을 벌리 고 말을 잇지 못하는데 지흔이 또 선수를 친다.

"이지은 너, 역지사지란 말 알지? 한번 잘 생각해 봐. 만약에 너랑 나랑 입장이 바뀌었다면 넌 어땠을 거 같아?"

그러곤 쿵쾅거리며 자기 자리로 가서 앉았다. 나한테 생각해 보 라는 숙제를 주고 간 게 황당했지만 최대한 애써서 생각해 봤다. 역 지사지? 역시 혼자서 편집하는 어려움을 말하는 거겠지? 입장을 바 꿔 보니 뭔가 지흔의 말도 일리는 있었다. 내가 밤샘하는 지흔이었 다면 나처럼 비협조적으로 나오는 친구가 달가울 리는 없을 테니 까. 그리고 무엇보다도 팬 팔로어가 많은 게 지흔의 잘못은 아닌데 '네가 팬이 많으니까 난 싫어.' 이렇게 내가 억지 부리는 걸로 보일 지도 모르는 일이었다. 모자 쓴 애와 쓰지 않은 애가 있듯이 인기가 많은 애가 있고 없는 애가 있는 것이고 그리고 내가 후자라면 전자한테 화낼 게 아니라 나의 인기 없음을 그냥 묵묵히 감수해야 하는 게 정답이려나? 물론 확신은 없었다. 다만 머릿속도 복잡하고 앞자리에 앉은 지흔의 뒤통수도 단단히 삐져 있는 것처럼 보여서 마음이 엄청 무거워져 어떻게든 화해하고 싶었다. 그렇다고 그 주제로 유튜브를 찍고 싶지는 않은데……. 혼란스러웠다. 그래도 내가 먼저 가서 화해는 해야겠다고 맘을 먹었다. 하지만 수업이 끝나기 전 어제 새로 업로드된 동영상을 보고는 난 폭발했다.

이름하여 현장학습 2탄을 보고는 더 이상 참기 힘들었다. 1탄과 크게 다를 바 없는 편집이라 1탄의 편집이 실수라든가, 약간의 무성의함이 빚어낸 결과가 아니었음을 분명히 보여 주는 동영상이었다. 유난히 내 뺨을 확대한 듯한 부분이라거나 앞머리가 까뒤집힌 부분을 편집에서 빼지 않은 걸 보면 충분히 악의적이었다. '혹시 자신을 돋보이게 하기 위해 나를 이용하는 거 아냐?'라는 생각까지 거침없이 들 정도로. 더 오래 생각할 것도 없었다. 난 쉬는 시간에 지흔이 쿵쾅거리고 간 그 길로 나 역시 쿵쾅거리며 가서 말했다.

"난 안 할래."

"뭘?"

"유튜브."

"왜?"

"힘들어."

"그게 역지사지해 본 결과야? 네가 뭐가 힘들어? 편집도 내가 다 하고, 넌 거저먹잖아?"

"너의 그 밤샘 생색도 싫고, 뭐든 니 위주고. 야, 내가 니 셔틀걸이냐? 몸종이야?"

"이지은, 너 완전 이기적인 인간이구나."

"너야말로 오로지 자기 좋을 대로만 편집하는…… 너 이기심 극강으로 쩌는 거 몰라?"

"야, 너 운전자가 사고 날 때 안 다치려고 자기 좋은 쪽으로 핸들 꺾는다는 말 들어 본 적 있어?"

"그게 뭐? 그거랑 뭔 상관?"

"본능적으로 사람은 그렇게 되어 있다는 거야. 내가 밤샘 편집하는데 내 분량이 더 많이 나오는 건 당연한 거 아니니? 하다 보면 그렇게 된다고. 그리고 그럴 수도 있는 거지, 니 알량한 뺨 좀 안 챙겼다고 안 한다며 나가떨어지는 게 상식적인 행동이니? 니가 초딩이야?"

"아~ 그래, 넌 본능적으로만 행동하는 짐승이구나?"

"뭐? 짐승? 막말 작렬이네."

이후로도 여기에 더 옮겨 적기 민망할 만큼 우리는 치열하게 싸웠다. 우리가 5년 동안 쌓았던 우정 사이사이에 맺혔던 진짜 별거 아닌 옥에 티 같은 사소한 서운함을, 오로지 싸우기 위해 일부러 오백 배는 더 부풀려서 '네가 못된 애다'라는 걸 입증하기 위해 깃발처럼 흔들었다. 지흔이나 나나 서로 지지 않고 한 번씩 마치 욕 배틀이라도 하듯이 악다구니를 쓰면서 서로에게 상처를 입혔다.

"어머머머! 세상에 세상에……. 너 완전 재수 대박이다."

"그러게. 나야말로 네가 이런 앤 줄 처음 알았네."

급기야 우리는 몸을 밀치기까지 했다. 지흔이 간다고 몸을 돌다가 나를 친 건데 난 의도가 있다고 생각해서 두 팔로 밀었고 지흔은 벽에 몸을 박았다. 살짝 부딪힌 거라 절대 아프지 않았을 텐데도 지흔의 눈엔 눈물이 흥건해서 마치 팔이라도 부러진 것처럼 인상을 쓰고 눈을 흘겼다. 우리는 그렇게 각자 자기 자리로 갔다.


다음 날 학교에서는 유치찬란한 일들이 줄지어 기다리고 있었다. 지흔과 내가 평상시에 줏대 없는 애로 무시하던 우리 반 애 몇몇이 지흔에게 딱 달라붙어 내가 지나갈 때마다 싸한 시선을 보내는 것이 아닌가. 어찌나 유치하던지 내 코에서 콧바람이 저절로 나올 지경이었다. 등 뒤로 들리는 나에 대한 비난은 이미 지흔에게 유리하게 편집된 내용을 듣고 치우친 생각이라 정정해 주고 싶었지만, 역부족인 게 뻔한 상황이라 관뒀다. 하지만 그렇게 며칠을 보내고 나니 난 걷잡을 수 없이 우울해졌다. 혼자인 나와 달리 지흔은 점점 많은 애들과 연대를 이루었고 그렇게 친해진 애들을 하나씩 유튜브의 일원으로 영입했다. 신인 엑스트라들을 번갈아 가며 하나씩 등장시켜 주자 아이들은 지흔에게 잘 보이려고 애썼다. 내가 알기론 전에는 뒤에서 우리 유튜브를 욕하던 애들도 막상 자기들이 나오니까 어찌나 나긋나긋하게 행동을 하던지. 간, 쓸개 다 빼놓은 애들처럼 지흔에게 알랑방귀를 뀌는 것처럼 보였다. 그도 그럴 것이 지흔의 유튜브는 날로 팔로어가 많아졌기 때문이었다.

지흔과 그렇게 싸우고 난 뒤에 빈정이 상해 유튜브 앱을 삭제해서 잘 몰랐는데 그사이에 지흔이 나와 헤어진 스토리를 다소 비극적인 설정으로 그려 동정표를 많이 샀다. 게다가 지흔의 초딩 동창 중 하나가 팔로어가 제법 되는 아이돌인데, 그 애가 지흔의 유튜브에 우정 출연을 하는 바람에 묻어 온 팔로어가 알을 낳고 낳아 그 수가 기하급수적으로 늘었다고 한다. 지흔의 동창은 아주 유명한 편은 아니지만 대신 같은 기획사 유명 아이돌들이 가끔 들어와서 '좋아요'를 누르고 댓글을 다는 바람에 반사 효과를 보기도 한다고.

어쨌거나 팔로어가 많아지자 지흔의 보여 주기 영상은 더 과감해지고 더 놀라운 기획력이 가미되었고 그런 식으로 인기의 급물살을 타기 시작했다. SNS라는 게 궁극적으로는 널리 알리는 게 목적일 테니 그럴밖에. 어쩌면 당연한 순서일지도 모르겠다. 이참에 지흔은 아예 자기 이미지를 브랜드화해서 수입까지 노려 보려고

작심한 것 같았다. 난 곁에서 내내 모른 척했지만 귀가 열려 있기에 그런 소식을 전혀 모를 수가 없었다. 차라리 그렇다면 더 좋으련만, 아이들은 일부러 내 옆에서 더 크게 지흔의 전도양양한 유튜버 생활을 과장해서 떠들어 댔다. '이지흔 여차하면 광고도 찍겠던데?' 이런 식의 이야기 말이다.

난 괴로웠다. 딱히 무엇 때문이라고는 하나로 꼭 집어서는 말 못하지만, 배가 아픈 것도 같고 지흔이 얄밉기도 했고, 화가 나기도 했다. 내가 직접 보지는 않았지만 주변에서 애들이 하는 말로는 아직도 댓글에 내 욕이 등장한다고 하니 그걸 빌미로 지흔과 다투고 싶은 마음도 없지 않았다. 하지만 그럴 수는 없었다. 그건 선택의 문제가 아니라 상황 자체가 불가능했다.

이미 지흔의 시야 안에 난 없었다. 난 완전히 줌 아웃된 상태였다. 실제로 지흔은 결석도 잦았고 학교에 온 날에도 거의 매일 실신 상태였다. 졸거나 자거나 아니면 핸드폰을 보느라 정신이 없으니 붙잡고 싸울 틈이 없을 정도였다. 매일 보여 주기 위한 무언가를 해야 하니 입술이 부르튼 적도 많았다. '지흔이의 보드게임 도전' '아이돌 춤에 도전해 봤어요' 심지어 절대 지흔의 취향이 아닌 '뜨개질 선물을'까지. 좋아서 하는 일이라기보다는 '그림'이 되는 일을 쫓느라 이것저것 하는 척을 하고, 이 일 저 일에 집적대는 지흔의 모습을 보고 있는 게 가슴이 아플 때도 있었다. 아니, 솔직히 가슴이 아픈 건 앞에 내세운 감정일 뿐이고 그 이면엔 배가 아파서 미칠 것 같았다. 익명의 팔로어들의 박수갈채에 취해 쉼 없이 춤추는 무엇처럼 그렇게 돌고 돌고 너무 정신없이 돌고 있는 지흔을, 어떤 애들은 우리 반에서 제일 열심히 사는 사람이라고 꼽기도 했다. 하지만 난 지흔이 좋아서 이것저것을 하고 그것들을 해내면서 '자란다'는 느낌이 아니라, 오로지 그 애가 원하는 건 사람들의 '관심' 그거 하나라 '소모되고 있다'는 생각에 안쓰럽기도 했다.

서로 교감이 되고 온기를 전하는 관심이 아니라 그냥 쌓여서 돈이 되길 바란다면 그건 헛헛한 게 아닐까? 그래서 늦은 밤, 핸드폰을 뒤적이다가 울적한 기분이 들면 지흔에게 카톡을 날려 볼까 하고 유혹을 느낄 때도 있었다.

"너 대학은 안 갈 거야?"

진지하게 접근하면 순수한 우정으로 받아들이지 않을까 하고 혼자 상상해 보지만 그건 어디까지나 나만의 생각일 것이다. 아마 내가 저런 톡을 날리면 '너나 잘하세요' 내지는 '부러우니까 왜, 나를 끌어내고 싶어?'라고 답이 올지도 모른다. 내가 상처를 입어 유튜브의 해로움에 대해 주목했다면, 지흔은 유튜브를 하면서 익명의 사람들에게 받은 지지 때문에 자존감이 한껏 높아진 터라 유튜브의 이로움에만 집중하고 또 집중해서 아무것도 보지 못하는 상태일 것이다. 원래 사람은 자기가 보고 싶은 것만 본다고 그랬으니까.

그래서 하는 수 없이 지혼에 대한 관심을 끄기로 마음먹었다. 처음 몇 달은 배가 아파 이 세상의 유튜브가 다 없어지길 바라기도 하고 지혼이네만 인터넷이 안 됐으면 좋겠다는 상상도 해 보고 심지어 지혼이 유튜브에서 치명적인 실수를 해서 팔로어들이 다 등을 돌렸으면 좋겠단 생각도 해 봤다. 지혼이 잘되니까 배가 아파서만은 아니다. 지혼의 유튜브가 안 돼야 지혼이 '우리' 그러니까 '지은과 지혼'을 한 번쯤 떠올리지 않을까 하는 마음도 있었다. 난 유튜브를 하기 전의 지혼이 그리우니까.

그렇지만 이미 이렇게 되어 버린 변화를 받아들여야 할 것이다. 변화는 낯설어서 싫기도 하지만, 그 안에 다른 맛도 있다. 변화된 모든 것과의 익숙함. 그렇게 한발 한발 어딘가로 가는 거겠지. 그래, 어차피 난 이지은이고 걘 이지혼이니까, 난 나의 길을 갈 것이고 걔는 자신의 길을 가겠지. 각자가 선택한 길에서 얻게 되는 득과 실은 각자가 감당하는 거라지? 내가 5년 동안 아침저녁으로 시도 때도 없이 해 대던 반가운 인사를 이번엔 조금 다른 뉘앙스로 불러 본다.

"지혼 지혼 지혼아, 안녕~"

터널 통과하는 법

난 지금 동시다발적으로 열한 개의 카톡 방을 들락거리면서 이야기하고 있다. 이런 경우를 문어발 톡이라고 하던가? 잽싸게 인터넷을 검색해 보니 문어발은 여덟 개라니 난 문어보다 무려 세 개나 더 많다. 이 방 저 방 바쁘게 건너다니려니 결재 서류를 획획 손가락으로 밀어 보는 대기업 회장이라도 된 기분이다. 윤우와 정수, 경윤, 지석 그리고 우리 반 놈들 단체톡과 기타 등등 아는 애들의 소그룹 방을 들락거리는 중이다. 아, 그리고 대화 상대 중에는 엄마도 있다.

사실 열한 개라고 해도 별로 어려울 건 없다. 어차피 눈과 뇌만 거쳐 나온 무의미한 의성어나 의태어 그것도 주로 한 음절짜리이거나 욕질, 게임 조언, 간지러운 키득거림, 간단한 상황 보고, 그런 내용이 전부다. 이 와중에 포털도 들락거리고 인스타도 들어가 보고 또 메일도 열어서 주문한 운동화가 발송되었는지 확인도 하고 좋아하는 웹툰도 훑는다. 컴퓨터 화면 한쪽 구석에는 어느 유튜버가 후루룩거리면서 라면을 먹고 있는 창이 떠 있어서 눈과 귀로 입맛을 다신다. 일본식 퓨전 라면이라 유튜버의 입가가 돼지고기 기름으로 번지르르하게 번쩍이고 있어 내 속까지 약간 느끼해져 아이스 아메리카노로 입가심을 해 본다. 그리고 책상 아래의 내 두 다리는 바닥을 치며 떨고 있고 입 속의 혀는 플라스틱 빨대 끝을 감싸쥐어 핥아 대면서 동시에 어금니는 잘근잘근 껌을 짓이긴다. 꼭짓점의 개수가 열둘, 모서리의 개수가 서른 개 그리고 면의 개수가 스무 개인 다면체 인간처럼 난 동시다발적으로 여러 가지를 해내고 있다. 나의 멀티플레이를 굳이 자랑할 생각은 없지만 이것도 능력이라면 능력일 수 있다고 생각한다. 매사에 동작이 굼뜬 내 짝 윤배 같은 애는 꿈도 못 꿀 일이니까. 열 손가락의 화려한 움직임과 그에 못지않게 잽싼 안구 운동, 그들의 조응 능력, 열한 개의 카톡 방을 건너다니며 적절히 시간을 안배할 줄 아는 뇌의 순발력과 판단력, 비트 쩌는 두 다리의 흔들림, 입 안의 껌을 갖고 노는 혀의 유연성과 살살 씹어 주는 어금니의 조화, 적절히 오르내리는 들숨과 날숨, 힘주어 선 척추뼈의 의연함. 이 어찌 능력이 아니라고 할 수 있으랴.

열한 개 중에 제일 난이도가 높고 진지해서 지겨운 방은 엄마가 있는 방이다. 물론 엄마를 못 본 지 좀 되었으니 안부를 묻는 건 당연한 일이지만, 하필 제일 말하기 애매한 마음 상태를 묻는다.

— 마음이 어때?

— 어떠냐니? 마음의 질량이나 무게, 상태 그런 걸 묻는 거야?

— 아니, 너 기분이 어떠냐고.

몸 구석구석이 다 바삐 움직여도 정작 내 마음은 한가하다. 저 혼자서만 무지근한 느낌이다. 후미진 곳에 숨어 좀처럼 모습을 드러내지 않는 고양이처럼 혹은 한껏 웅크리고 등 돌려 멀뚱히 앉아 있는 덩치 큰 곰처럼 어딘가 숨어 있다. 그러니 설명하기 어려울밖에.

— 그냥 그래.

— 그냥이 어떤 건데?

— 딱히 어떻다고 말할 수 없는 상태?

'그냥'이 딱 맞는 표현이다. 핑계가 아니라 정말 그렇다. 마음이고 기분이고 다 꼭꼭 숨어 있어서 전혀 감지가 안 된다. 마음이나 기분이 열전도율이 높은 쇠붙이로 되어 있다면 숨어 있어도 느껴질 텐데. 아니면 체온처럼 잴 수 있는 거라면 더더욱 땡큐고. 아무튼 내 입장은 그렇다. 그러므로 엄마가 그 부분은 더 물어보지 않으면 좋겠다. 아니, 솔직히 더 이상 말 시키지 않고 방을 빼 줬으면 좋겠다. 안 그래도 이 방 저 방 들락거리느라 바쁜데 말이다. 그리고 솔직히 엄마와 이렇게 대화를 나누는 것조차 완전 어색하다. 물론 지금은 조금 특수한 상황이라 감수해야 하지만 싫은 건 싫은 거다.

—물론, 기분이 좋을 리가 없겠지. 암튼 유감이야. 그런 소식 전하게 돼서.

맞다. 엄마 말이 맞다. 기분이 좋았다면 금세 알았겠지. 그리고 이 상황에 기분이 좋다면 그건 정상이 아닐 테고. 내 기분은 펼쳐 보기 전의 성적표 같다고 보면 된다. 대충은 알지만 아직 안 봐서 모른다고 생각하는 것처럼.


엄마가 유감이라며 전한 소식은 엄마 아빠의 이혼 소식이다. 엄마 없이 지낸 한 달 하고 하루가 지난 어제, 할머니가 그 사실을 전했다. 고모가 앞에 버티고 서 있어서인지 할머니는 평상시와 달리 감정이나 판단, 넋두리 같은 부속물은 다 없애고 아주 간결하게 사실만 이야기했다. 심지어 할머니는 말의 도입부에 늘 습관처럼 쓰시는 '거, 뭐냐'조차도 없이 바로 본론으로 직진했다.

"준하야, 니 엄마 아빠 이혼한단다."

물론 뒤이어 "아니, 자식을 내질렀으면……" 하고 뒷말을 덧대려고 하는 순간, 고모가 "엄마!" 하고 소리쳐서 멈춰야 했으니, 간결함은 할머니의 의지가 절대 아니다. 어쨌거나 짧은 전언에 나 역시 아주 쿨하게 고개를 끄덕이고 끝냈다. 마치 다 알고 있었다는 듯이. 혹은 '그럴 수도 있겠네' 하는 느낌을 주기 위해서 고개를 건덩건덩 흔들어 댔다. 여지를 남기고 싶지 않았다. 동정받을 여지라고나 할까? 내가 놀라거나 슬퍼하는 기색을 보이면 아마 할머니는 그 즉시 '아이고, 불쌍한 내 새끼' 이런 징그러운 말을 날릴 테니까. 어떤 상황에서든 난 공공연하게 불쌍해지고 싶지는 않았다. 그리고 슬퍼하는 할머니를 보는 것도 싫고 나아가 할머니가 슬픔을 빙자해서 은근히 엄마의 뒷담화를 풀어 대는 그런 스토리 전개도 보고 싶지 않았다.

연민, 동정 그딴 거 열라 싫다. 톡 까놓고 말하자면, 솔직히 어떤 식으로든 보상이 주어지지 않는 연민은 당사자에겐 걸레 같은 비참함만 남길 뿐이다. 연민 한 번에 용돈 얼마, 이런 식이라면 차라리 참을 수나 있지. 그것도 아니라면 말 그대로 부질없는 연민이다. 그래서 거부한다. 이 대목에서 나한테 물질만능주의자라는 둥 이딴 말은 안 했으면 좋겠다. 그만큼 연민이나 동정이 싫다는 소리일 뿐이니까.

난 아무렇지 않은 척 입 속에 든 우유를 천천히 삼켰다. 행여 오해할까 봐 사레들지 않게 조금씩 조금씩 조심스럽게 다 넘겼다. 우유는 의외로 고소했다. 아마도 벌컥 들이켜지 않아서 그런 거 같았다. 그리고 학원 보충이 있다며 뻥치고 나왔다. 집에 있고 싶지 않았으니까. 어디에든 나를 숨기고 싶은 기분이 들었는데 다행히 밖엔 이미 짙은 어둠이 내려와 있었고 난 조용히 그 안으로 스며들었다.

사실 난 속으로 많이 놀랐다. 심장 안에서 쿵, 하면서 마치 입간판 같은 게 자빠지는 느낌이 들었다는 게 정확한 표현일 것이다. 다들 알겠지만 입간판은 자빠지기 전에 미리 예고하지 않는다. 항상 갑자기 느닷없이 쾅! 그래서 주위에 있는 사람들을 놀라게 한다. 그동안 집에서 엄마 아빠가 악다구니를 쓰면서 싸울 때면 나 역시 욕지거리를 하듯이 '으휴, 차라리 이혼을 하지!'라고 속으로 외쳤지만, 그건 싸우지 말라는 바람의 다른 표현일 뿐이었다. 이혼이란 것의 실체가 그야말로 '레알'로 내게 이렇게 덜컥 오다니. 물론 다행스럽게도 내가 아는 애들 중에 부모님이 이혼한 애가 서넛은 있다. 다행이라고 표현한 건 나만의 일이 아니라는 데서 오는 최소한의 안도감으로 하는 말이다. 그리고 웹소설이나 웹툰을 봐도 부모님이 이혼한 애가 주인공으로 더러더러 나와서 아주 엄청나게 황당한 일로 느껴지지는 않는다. 그래도 나로서는 처음 겪는 일이고 그야말로 내 일이라서 정말 당혹스럽다. 단체로 맞는 예방주사라 해도 맞기 직전의 두려움은 어차피 혼자 감내해야 하는 것처럼 말이다.

언젠가 들었던 기석의 말이 크게 위로가 된다. 그날도 엄마 아빠가 너무 치열하게 싸워서 도망치듯이 튀어 나갔다가 피시방에서 기석을 만났다. 풀 죽은 나를 보고 왜 그러냐고 캐묻기에 부모님이 이혼할지도 모른다고 하자 기석은 '까짓! 뭐 그딴 일로?' 하는 시니컬한 미소를 지어 보이며 말했다.

"괜찮아, 부모님이 찢어진다고 세상이 무너지진 않아."

아닌 게 아니라 기석의 표현대로 '찢어진다'는 말이 정말 실감이 난다. 내가 딛고 선 땅이 둘로 쫙 갈라지는 기분이다. 단단하고 안전한 곳인 줄 알았는데 완전 속았다. 아무래도 난 가랑이가 찢어지지 않게 한쪽으로 다리를 모아야 할 모양이다. 두 달 전부터 할머니가 와 계시고 엄마가 큰 트렁크를 들고 나간 걸로 봐서는 난 아무래도 아빠 쪽에 거주할 확률이 높은 것 같다. 그럼 된 거다. 엄마 아빠가 서로 나를 데려가겠다고 쌈박질할 리도, 솔로몬에게 의뢰해 내 몸을 반으로 잘라 나눠 가지라는 판결을 들을 리도 없으니 그럼 된 거다. 난 또다시 기석의 말을 되새긴다.

'세상이 무너지진 않아.'

하긴 세상이 무너져도 솟아날 구멍이 있다던데 하물며 무너지는 건 아니라고 했으니 고로 난 안전하다는 결론이다. 난 그 말을 거의 5분 간격으로 되새겼다.

'그래, 상황이 달라진 것뿐이야. 내가 갈라진 틈 사이로 떨어져 땅속에 묻히는 그런 비극은 아닌 거잖아?'

경험자가 곁에 있다는 건 좋은 일이다. 기석의 말이 거듭거듭 위로가 된다. 그런 의미에서 '불쌍한 내 새끼' 하는 소리를 피해 집 밖으로 나온 건 잘한 일 같다. 집에 있었으면 좀 더 비극적인 생각에 빠져서 허우적댔을지도 모르겠다.

피시방으로 가서 열심히 게임을 했다. 이상하게 게임이 잘되었다. 약간 비극적인 기분이 전의와 투지를 불사르게 했다. 의자에 앉자마자 소매를 걷어 올리고 '니들 다 죽었어' 하는 마인드로 무장하고 덤볐다. 점수가 올라가니 성취감이 모락모락 피어올라 내가 현실 세계로부터 완벽히 분리되는 기분이 들었다. 그래서 시간 가는 줄 모르고 댓 시간을 한 것 같다. 할머니가 연거푸 전화하는 바람에 겨우 멈출 수 있었다. 그리고 한 이틀은 내내 그날 획득한 만렙의 기록을 애들한테 떠벌이느라 정신이 없었다. 그러다 오늘 엄마를 톡 방에서 만났다. 엄마는 잠시 톡을 쉬었다가 또 질문 세례를 퍼부었다.

—어떻게 지내?

—그럭저럭.

—그럭저럭이 어떤 건데?

—어학사전에는 '큰 문제나 잘된 일이 없이 그런대로'라고 나와 있네.

—그걸 지금 찾은 거야?

—어.

—미안! 검은 머리가 파뿌리 되도록 살지 못해서.

—엥? 뭔 소리?

—전에 엄마 아빠 결혼식 때 주례가 그랬거든. 검은 머리가 파뿌리 될 때까지 살라고.

―늙으면 사람 머리가 파가 된다고? 설마 동물이 식물로?

―크크.

그런 뜻이 아니란 것쯤은 나도 안다. 그냥 더 이상 그 이야기가 하기 싫다. 미안하다는 엄마의 말을 제대로 받고 싶지 않다. 나 역시 진심도 아니면서 괜찮다고 하기도 싫고. 그렇다고 미안할 짓을 왜 했냐고 따질 수도 없다. 엄마도 그러고 싶어서 한 일은 절대 아닐 테니까. 나도 시험을 못 보고 싶어서 그런 것이 아니듯이, 엄마도 뭔가 애로 사항이 있었을 거다. 하지만 그렇다고 솔직히 이 시점에서 멀뚱하니 엄마가 준 사과를 받고 '받았으니 됐어' 하는 게 무슨 의미가 있을까 싶다. 그 사과가 과연 내게 위로가 될까? 보고 싶지 않은 흉터를 들여다보고 있는 게 무슨 도움이 되겠냔 말이다. 예방주사를 맞을 때 주삿바늘을 보는 것보다는 고개를 돌려 머릿속으로 다른 생각을 하는 게 두려움이나 스트레스를 덜어 준다. 그러므로 난 사과를 주고받고 하는 장면은 건너뛰고 싶다. 사실 궁극적으로 내게 중요한 건 부모님의 이혼 뒤 내게 벌어질 많을 변화다. 물론 아직 닥치지 않았으니 짐작도 못 하지만 즐거울 리는 없을 테니까 앞서서 그 이야기를 하고 싶지도 않다. 그런데도 엄마는 또 말한다.

―괜찮을까?

―뭐가?

―너 말야. 엄마 없이.

무슨 악취미람? 내게 무슨 대답을 원하는 거지? 이 대목에서 내가 우는 토끼 이모티콘이라도 날려서 비극의 장을 만들기를 바라는 걸까? 그러면 엄마는 토닥토닥하는 이모티콘을 날릴 작정인가? 그러면 화해의 마당이 되고 그렇게 괜찮아질 거라고 믿는 건가? 그게 아니란 것쯤은 엄마도 잘 알 텐데……. 아니면 할머니처럼 내게 '아고 아고' 하면서 연민이라도 쏘시겠다는 건가? 그건 절대 사절이라 삐딱해진 마음에 나도 모르게 어깃장을 놓는다.

―헐, 어쩌라고?

―아니…… 엄마가 마음이 짠해서…….

열받는다. '그건 엄마 사정이지, 나보고 어쩌란 거야? 엄마 맘 짠한 거까지 내가 해결해야 해?'라고 다다다다 썼다가 다시 다다다다 지운다. 엄마를 아프게 하고 싶지는 않다. 어쩌면 엄마도 할 말을 찾지 못해서 저러는 거겠지. 엄마도 이혼이 처음일 테니 당황스러운 거겠지. 이렇게 이해를 해 본다. 나 역시 당황스러울 때는 마음에도 없는 말들이 두서없이 머리를 비집고 나오는 걸 경험해 봐서 안다. 마구잡이로 튀어나오는 게임 속 두더지 머리처럼 말이다. 아니, 다시 가만히 생각해 보면 엄마는 내 입에서 '괜찮다'는 말을 듣고 싶은 걸지도 모르겠다. 기왕 이렇게 된 거 엄마도 마음 편하고 싶을 테니까.

전에 우리 집 강아지 갈색 푸들 하몽이가 교통사고로 어이없이 죽었을 때도 엄마는 그랬다. '준하야, 괜찮지?' 하며 다섯 번 연거푸 묻고 그것도 모자라 내 눈을 마주 보며 내 입으로 괜찮다고 말하라고 강요했다. 일곱 살 때부터 내가 열다섯 살이 될 때까지 같이 지낸 하몽이가 하루아침에 죽었는데 어떻게 괜찮을 수 있다는 건지. 그게 말이 되는 소리냐고 엄마에게 따지고 싶었지만 차마 그러지 못했다. 엄마가 묻는 '괜찮지?'에는 내가 괜찮기를 바라는 엄마의 바람이 가득 차 있다라는 걸 알아서 할 수 없이 '괜찮아'라고 말했다. 그 순간 엄마는 마침내 종지부를 찍었다는 듯이 손바닥을 두 번 쳤다. 일의 마무리를 알리는 엄마 나름의 표현이다. 야단을 치다가도 아빠에게 뭔가를 집요하게 따져 묻다가도 그만할 요량이면 엄마는 늘 그렇게 손바닥을 두 번 치고 '그만!' 내지는 '됐어!' 혹은 '끝!'이라고 외쳤다. 엄마는 지금도 그러고 싶은 거다. 내가 괜찮다고 말하면 엄마는 안도의 숨을 내쉴 거다. 그러고는 손바닥을 두 번 치면서 '됐어!' 이럴 테지. 아니, 그러고 싶으니까 내게 저렇게 종주먹을 대는 거다. 한마디로 이 문제로부터 도망치고 싶은 거겠지. 겁나 이기적이다. 짜증은 나지만 뭐, 한편으론 이해가 된다.

나도 현실이 엉망진창일 때 게임 속으로 도망친다. 아빠는 술을 마시고 할머니는 마루 걸레질을 무한 반복하고 피시방 알바 형은 주인아저씨 몰래 오토바이 키를 들고 냅다 달린다. 누구나 어디로

든 도망칠 때가 있다. 그렇게라도 살아야 하니까, 아침이면 눈을 부라리고 나타나는 현실을 받아들여야 하니까 괜찮지 않아도, 정말 싫어도 애써서 장애물 건너기를 하듯 뛰어넘고 또 괜찮아지기 위해 좋은 방향으로 몸을 트는 게 인생이다. 이를테면 내가 전쟁에 나갔는데 전우가 내 옆에서 총을 맞고 쓰러져 죽어도 난 직진해야 한다. 같이 엎어져서 울고불고하는 건 누구에게도 도움이 안 된다. 그것과 같은 논리다. 난 오래 살진 않았지만 그 정도는 알고 있다. 그리고 무엇보다도 지금 상대는 엄마다. 내가 사랑해야 할, 사랑하지 않아 봤자 나만 괴로운, 사랑할 수밖에 없는 엄마다. 그러니 난 엎어져 있지 않고 일어나 보송소송한 얼굴로 말한다.

— 엄마, 내가 젖먹이도 아닌데 뭐…….

— 하긴. 그건 정말 다행이야. 다 컸으니까…….

젠장, 다행은 뭔 다행? 젖먹이는 젖먹이대로의 애환이 있겠지만 내 또래에겐 또 그만한 애환이 있기 마련이다. 그러므로 다행이라고 안일하게 말할 건 아닌 거 같다. 시비를 걸겠다는 건 아니지만 다행이란 엄마의 말 때문에 내 마음에 확 생채기가 난다. 엄마가 자기 길을 바삐 가기 위해 나한테 사탕이라도 던져 주려고 톡 방에 들어왔단 생각이 들어 기분이 나빠진다. 놀이공원에 애를 버리는 부모들이 전날 이것저것 사 주면서 애들 정신을 쏙 빼놓는다던데 비슷한 행동이 아닐까? 게다가 엄마는 내가 치맛자락이라도 잡을까 봐, '엄마 가지 마!' 이딴 소리를 할까 봐 겁이 나서 '다행'이란 말로 마무리를 지으려 한다. 완전 치사하다. 어릴 때 눈 나빠진다고 못 보게 하던 만화영화를 엄마 친구가 놀러 오면 무한대로 돌려 보게 해 주던 그때 그 기분이다. 나로선 나쁠 게 없지만 가만히 생각해 보면 팽개쳐지는 기분이랄까? 기석이 놈 말이 완전히 맞는 건 아니란 사실을 새삼 깨닫는다. 부모님이 이혼한다고 해서 물론 세상은 안 무너지겠지만 나의 일부가 망가지는 건 확실한 것 같다. 왜냐, 난 지금 새로운 사실 하나를 알게 되었다. 엄마에게 난 그렇게 비중이 큰 사람이 아니라는 걸 말이다. 그래서 기분이 더럽다. 그리고 자존심이 무지 상한다. 내 얼굴에 먹물이 묻어 있는 것 같은 기분도 든다. 누구든 지나가면서 다 알아볼 만큼 커다란 먹물 얼룩. 그래서 고개를 떨구고 싶고 다리에 기운이 쫙 빠진다. 기분이 잡쳐서인지 여러 개의 톡 방이 열려 있는 것조차 번거롭고 짜증 난다. 난 하나씩 지워 버린다.

다 지우고 하나 남은 엄마 방, 지우기 전에 한 방 날리고 싶어진다. 엄마는 내가 어리지 않아 다행이고 다 커서 다행이라지만 대신 젖먹이는 모르는 걸 나는 알 수 있는 나이라 내 기분이 충분히 더럽다는 걸 엄마에게 알려주고 싶어진다. 내게 난 생채기만큼 돌려주고 싶어서 무슨 말을 할까 궁리하는데 이번에 성록의 톡이 뜬다. 지금 만나잔다. 그동안 계속 씹어 대던 성록의 톡이건만 난 얼른 답을

쓴다. '오키'라고. 이상하게 위로가 된다. 그러곤 엄마에게 공부해야
돼서 나가겠다고 했다. 내 말이 뻥이란 걸 알라고 일부러 공부 핑계
를 댔다. 생채기 대신 '뻥이나 먹어라' 하는 마음으로 그 방에서 나
왔다. 굿바이 인사? 그딴 건 안 했다. 나한테 그 정도의 감정 표현을
할 권리는 있으니까.

성록을 비롯해 신우 그리고 신우 초등 친구라는 놈 둘, 이렇게 너
댓 명이 모여 길로 쏘다니면서 놀았다. 모처럼 재미나게 놀았다. 탄
천에 나가 머리끝에서 김이 폴폴 날 정도로 뛰고, 노래방에 가 악
도 지르고 아무튼 색다른 시간이었다. 진작부터 신우가 자기 그룹
과 같이 놀자고 했다면서 성록이 나를 꼬셨는데 내가 여러 번 거절
했다. 그런데 오늘은 신우 친구들이랑 놀자는 성록의 제안을 주저
없이 받아들였다. 처음엔 초대도 안 했는데 왜 나왔냐고 신들거리
는 신우가 꼴 보기 싫었지만 분식집에서 내가 계산하니까 바로 굽
히고 들어와서 봐줄 만했다. 아니, 기분이 괜찮았다. 왜냐, 신우와
그 동창이란 애들은 덩치들이 장난 아니라서 솔직히 같이 길에 나
란히 서 있는 것만으로도 뽀대가 나는 느낌이었기 때문이다. 아닌
게 아니라 분식집 이층 독서실로 가려는 중딩 애들이 설설 기면서
지나가는 게 보였다. 아이들의 뒷모습을 보는데 묘한 맛이 입 안에
고였다. 고라니 떼를 바라보는 사자가 된 기분이랄까? 나도 모르게

그 애들 뒤통수에 대고 한마디 내질렀다.

"야야, 아그들아. 공부 열심히들 해라."

어깨에 한껏 힘을 넣고 있자니 신우가 툭 치며 물었다.

"준하, 너 그동안 왜 글케 튕김?"

"뭘 튕겨? 바빠서지."

"학생이 뭐가 바빠? 공부를 해야 바쁜 거지."

"크크크."

"표현, 오졌다."

이 애 저 애 한마디씩 하면서 바닥에 침을 뱉는다. 마치 침 뱉기 경쟁이라도 하듯이. 그때 계단 끝에 선 신우가 균형을 잃어 넘어질 뻔 했는데 내가 얼른 잡아줬더니 나를 보고 웃는다. 그때 생각이 났다. 신우가 편의점에서 가짜 신분증으로 담배 사다가 걸리는 걸 봤다면서 엄마가 열 내며 신우와 놀지 말라고 했던 사실이. 그런데 괜히 마음이 뿌듯해져 온다. 뭐랄까? 엄마에게 받은 생채기에 대한 답가를 이제야 하게 된 것 같아서랄까?

그 뒤로도 신우와 그 친구들과 같이 어울렸다. 모든 관계는 그 시작이 제일 신선하기 마련이다. 몰랐던 걸 알아 가는 과정은 늘 새롭고 새로운 만큼 흥미진진했다. 그래서 지루할 틈없이 시간 가는 줄 모르게 지냈다. 세 번째 만났을 때 성록에게 신우 친구들 이름을 물었는데 잘 모른다고 했다. 그냥 어깨가 유난히 벌어진 애는 훈이고 머리가 곱슬한 애는 엠이라고만 불렀다. 누가 들어도 풀 네임이 아니란 생각이 들어서 더 물었지만 신우가 그랬다.

"이름이 뭐가 중요해? 부르면 알아듣고 고개만 돌릴 줄 알면 되는 거 아니냐?"

그러더니 '강아지야' 그래도 돌아보고 '고양이야' 그래도 돌아봐서 우리는 깔깔 웃었다. 그리고 심지어 어느 학교에 다니냐는 말에도 답을 안 했다. 그리곤 뒤이어 '그깟 게 뭐가 중요하다고?'라고 말했는데 왠지 멋있어 보였다. 정말로 중요한 게 뭐가 있나 싶은 생각이 뼈저리게 들었으니까. 엄마 아빠도 이혼하는 마당에, 세상이 다 무너지진 않았다고 해도 내가 속한 세계의 일부가 무너진 것과 다를 바 없는 이 시점에 내가 굳이 이름 석 자를 알 필요는 뭐가 있으며 어느 학교인지가 뭐가 중요하고 설사 안 다닌들 뭐가 대수일까 싶었다. '그깟 게 뭐가 중요해?'란 생각은 나를 자유롭게 했다. 부모가 같이 살 수도 있고 안 살 수도 있듯이, 학교에 다닐 수도 있고 안 다닐 수도 있는 것이고 세상은 이래도 되고 저래도 되므로 아무렇게나 되어도 상관없을 것 같았다. 그래서 이름은 꼭 정해진 걸로만 부르지 않아도 된다는 생각에 나도 '깡'이라고 불러 달라고 말했다.

"깡? 오오올~ 허세 쩌는데……."

아이들은 입을 모아 새 이름을 지지했다. '깡'으로 불리니, 난 더 이상 서준하가 아니어서 그동안 가졌던 행동 패턴에서 벗어나는 일도 자유롭게 할 수 있었다. 깡이므로 깡다구 있게 길에서 침도 뱉었고 수업 시간에 엎어져 자는 일에도 크게 주눅 들지 않았고 동네 아는 어른들에게도 굳이 고개 조아리며 인사하지 않고 무심한 표정으로 쌩깔 수 있었으며 할머니에게도 편하게 대들 수도 있었다. 가끔씩 신우 패거리 아이들의 과한 행동이 마음에 걸리긴 했지만, 그 아이들과 그룹 속에 묻혀 있으면 죄책감은 그닥 크게 와닿지 않았다. 엠이 화장실서 주운 핸드폰을 중고폰 매매상에 판다고 했을 때도 난 주인을 찾아 줘야 한다고 한두 마디 하다 관뒀다. 어차피 내가 주운 게 아니니까 엠의 선택을 강요할 수는 없단 생각이 들었다. 그래도 엠이 폰을 판 돈으로 산 밥을 같이 먹을 땐 약간 괴로웠지만, 돈마다 이름이 붙은 건 아니란 생각으로 뭉갤 수 있었다.

학원도 맘 놓고 빼먹고 틈나는 대로 새로운 형태로 재미나게 시간을 보내던 즈음, 슈퍼에서 중학교 동창 윤서를 만났다. 누가 내 등짝을 후려치기에 눈알을 부라리며 뒤를 돌아봤는데 윤서가 상큼한 표정으로 웃고 있었다. 오랜만이라 반가워야 하는데 윤서가 낯설고 어색했다.

"준하, 너 요새 왜 내 톡도 씹고, 뭐야?"

"어, 내가 쫌 바빠서⋯⋯."

버벅대며 얼른 뒤돌아 가려는데 윤서가 내 후드 모자를 잡아당겠다.

"야! 서준하, 윤후한테 같이 안 갈래?"

윤서 동생 윤후는 다리가 불편해서 늘 윤서 엄마나 윤서가 데리러 가야 한다. 중학교 때 나도 여러 번 같이 가 주곤 했다. 사실 얼마 전까지도 난 윤서의 맘에 들기 위해 윤후와 친해져 볼까도 생각할 정도였으니까. 맞다. 고백건대 난 윤서를 좋아해 왔다. 하지만 지금은 상황이 다르다. 난 서준하가 아니라 깡이니까.

"아니, 내가 가야 할 데가 있어서 쏘리."

"그래, 그럼 잘 가."

뒤돌아 가는 윤서의 뒷모습을 보는데 마음이 쓰렸다. 순간, 서준하로 돌아가고 싶다는 마음이 생겨서다. 사실 그동안 내가 윤서의 톡을 받지 않은 이유도 바로 그거였다. 내가 '깡'으로 존재하는 데 윤서의 존재는 늘 거치적거렸으니까. 아니, 어쩌면 내가 깡으로 존재하는 한 윤서는 다시는 못 만날지도 모른단 생각이 들어 약간 슬퍼지기도 했다. 하지만 난 절대 슬퍼하고 싶지 않고 또 슬퍼하는 모습은 깡에겐 어울리지 않는 캐릭터라 여겨서 얼른 윤서를 털어 냈다. 하지만 슬픔은 가루가 아니기에 털어 내도 쉽게 없어지지 않고 안으로 안으로 스며드는 것 같았다. 그래서 신우에게 오늘은 못 나간다고 톡을 날리고 집으로 갔다.

모처럼 환한 시간에 집으로 들어섰는데 고모가 내 방이 개판 오분 전이라며 치우라고 목청 높여 야단을 쳤다. 고모의 잔소리에 일단 인상은 구겼지만 속으로는 그 사실을 오백 프로 인정하는 바라, 방을 치우려는데 밖에서 할머니와 고모가 싸우는 소리가 들리기 시작했다.

"넌 왜 불쌍한 애를 야단치니!"

"아니, 자기 방 치우는 거랑 그게 뭔 상관이라고 그래?"

"애가 엄마 없이 지금 제정신일까 싶어서, 학원이고 뭐고 다 팽개치고 헤갈을 하고 돌아댕겨도 내가 다 내깔려 뒀는데 니가 뭔데 지적질이야? 저 어린 게 지금 정상이겠니?"

할머니가 날 감싸고 돈다기보다는 나한테 대놓고 '넌 지금 제정신이 아니니 맘대로 해도 된다'고 공공연하게 허락해 주는 것 같았다. 그런데 허락해 줘서 고마운 게 아니라 나를 바닥으로 끌어내려 패대기를 친 것 같아 기분 더러웠다.

'아, 씨발. 동정 싫다고! 난 어린애가 아니라고!'

난 머리를 두 손으로 긁다가 간신히 폰만 쥐고 집 밖으로 튀어 나갔다.


막상 나왔지만 갈 데는 없었다. 괜히 길에 돌아다니다 신우와 아이들과 마주칠까 싶어서 난 일부러 버스를 타고 두 정거장 떨어진 피시방으로 갔다. 평화롭게 게임에 열중하려는데 윤서의 톡이 떴다. 얼핏 내용만 보고 무시하고 싶었지만 그럴 수 없었다. 예사로운 내용이 아니었으니까.

ㅡ윤후가 어떤 애들한테 폰을 뺏겼는데 기석이가 너한테 얘기해 보라기에……

뭐지? 윤서에게 전화를 해 볼까 싶었지만, 톡을 봤을 때 전화를 해 봤자 윤서가 아는 내용은 없을 것 같았다. 차라리 기석이 알 것 같기에 전화를 했다. 기석은 전화를 받지 않았다.

"한기석, 이 개새끼!"

욕하는 중에 기석의 톡이 비눗방울처럼 연거푸 떴다.

ㅡㄴㄴ 겜중

ㅡ윤서한테 뭔 개소리함?

ㅡ일루 오든지.

난 하던 걸 작파하고 다시 버스를 타고 허겁지겁 기석에게 갔다. 무슨 일이 벌어진 건지 듣지 않아도 잘 알 것만 같아서 기석을 다짜고짜 몰아붙이지는 못했다. 오히려 기석이 게임 끝내기를 15분이나 얌전히 기다렸다가 간신히 공원 놀이터로 데리고 나올 수 있었다.

"니가 뭘 안다고 개소리야?"

"어떻게 몰라?"

"뭘 알아?"

"뭘 어떻게 모르겠냐고? 그렇게 보란 듯이 떼 지어 다니는데……."

"뭔 소리냐?"

"너 상록이랑 신우 그 떨거지들이 애들 폰 뺏고 다니는 거 몰랐어?"

"폰을 뺏어? 아니, 주웠댔거든?"

"설마, 그걸 믿었다고?"

설마 했다. 폰을 그렇게 자주 주울 수 있나 하고 의심은 했지만, 애들한테 뺏으리라고는 생각 못 했다. 아니, 내 안 저 깊은 데서는 심증이 있었지만 일부러 보지 않은 건지도 모른다. 의심이 갔을 때 분명 상록에게라도 물어볼 수도 있었는데 사실이라고 할까 봐 안 물어봤던 게 사실이다. 깡이니까. 깡으로 존재해야 한다는 절박함이 내게 있었으니까.

"……."

"얼른 발 빼라. 니가 자해공갈단도 아니고 부모님 이혼 때문에 열받는다고 그딴 짓 해 봐야 너만 손해야."

기석의 말이 뭔지 다 알 것 같은데 아니라고 더 발뺌은 못 할 것 같았다. 그렇다면 다 알고 있으면서도 여태 가만있었던 기석이가 나쁜 놈이란 생각이 들었다. 난 눈을 흘기며 욕을 날렸다.

"개새끼!"

여차해서 기석이 주먹을 날리면 난 싸울 용의도 있었다. 누구든

날 건드리기만 하면 얼마든지 싸울 준비가 되어 있다. '제발 건드려라! 쳐! 치라고 이 새끼야!' 그런 눈으로 눈을 힘껏 부라리건만, 기석이는 피실피실 웃음을 흘리면서 내 어깨를 다독인다.

"병신~ 쪽팔리니까 욕하냐? 이 형아가 너 깡이라며 부캐로 허세 부리면서 건들거리고 다닐 때 처음부터 말릴까도 생각했는데…… 나도 다 해 본 가락이라 그냥 냅뒀다. 뭐든 겪어 봐야 알 거다 싶어서리……. 상처가 없는 척하고 묻어 두면 더 나쁠 거 같아서 해 볼 만치 해 봐라 싶었어. 어디서 봤는데 오래된 분노는 아무한테나 칼을 겨눌 수가 있다더라. 묵혀 두지 말고 풀어, 나라도 때려 볼래?"

기석은 자기 등판을 들이댄다. 나도 그냥 기석의 말에 호응하는 의미로 놈의 등을 한 대 쳐 봤는데 의외로 돌덩이다. 아까 싸우지 않길 잘했단 생각이 든다. 한 번 치고 다시 그네 위에 앉자 기석이 옆 그네에 앉아 읊조린다.

"솔직히 어떻게 그게 아무렇지도 않을 수 있겠어? 내팽개쳐진 기분일 텐데…… 상처 팍 나서 쓰리고 자존심 바닥이고 기분 더럽고 깜깜한 터널 속에 갇힌 기분이겠지. 그렇다고 거기 주저앉아서 되겠냐? 흙구덩이에 분탕질하지 말고 터널 밖으로 나가야지."

"……"

"아무리 어두워도 터널은 끝이 있으니까 일단 앞으로 걸어야지."

끝이 있다는 말이 묘하게 위로가 된다. 그래, 지나칠 수 있다면 최대한 담담하게 걸어 나가는 게 맞는 일이란 생각이 든다. 터널 속이 어둡다고 습하다고 아우성칠 게 아니라 한 걸음씩 앞으로. 난 어둠 속에서 빛을 향해 걷는 자의 모습을 머릿속으로 떠올려 본다. 말 없이 앉은 내 등을 두들기며 기석은 또 말한다.

"터널은 머무르는 데가 아니라 지나가는 거야."

그러곤 발딱 일어나 간다.

"나 간다."

기석은 가다 말고 놀이터 입구에서 큰 소리를 친다.

"야! 근데 유치하게 깡이 뭐냐? 에라이 깡통 같은 놈아!"

기석의 말에 나도 모르게 피식 웃어 본다. 마음도 몸도 머리도 다 깡통같이 텅 빈 기분이 들지만 그래서 새로 다시 채울 수 있을 것 같은 기분도 든다. 그리고 다시 힘내서 걸어야지. 터널은 지나가는 거니까⋯⋯.

작가의 말

두 번째 소설집이다. 『나의 스파링 파트너』에서 미처 다루지 못한, 그래서 다뤄 보고 싶었고 꼭 다뤄야 할 주제를 모아 엮었다. 편견을 깨고 숏컷을 고수할 힘을 얻는 소녀, 자기도 모르게 폭력의 굴레에 얽혀 들어가는 소년과 방관자들의 모습, 주변의 웃자란 기대에 밀려 거짓말을 하게 되는 아이, 가족의 비밀로 인해 세상을 향해 열려 있어야 할 감성의 촉수가 막힌 소녀, 부모의 이혼을 앞둔 소년 등 다양한 상황 앞에 놓인 십대를 통해 우리 삶의 진실을 찾고자 했다. 문학은 일상에 감춰진 진실을 찾아가는 통로이므로. 특히 표제작 「숏컷」에서는 '균형을 맞추는 추로써의 페미니즘'을 고민해 보는 계기가 되는 작품이었다.

우리는 모두 별문제 없이 평화롭고 안온한 삶을 살아가길 바란다. 하지만 살아 있는 한 문제가 없을 수는 없다. 우리는 장거리 달리기 같은 삶을 거쳐야 할 마라토너로서, 그 길목에서 마주친 소소한 문제부터 버거운 일 혹은 예기치 못한 엄청난 복병 같은 일도 지혜롭게 잘 해결하고 나아가야 한다. 건강한 삶이란 문제를 통해 문제해결 능력을 터득하고 그러면서 앞으로 나아가는 것이니까.

소설 속 화자인 소녀가 말한다.

싸우기 전에 전사는 투구를 닦는다던데 난 전의를 다지는 의미에서 미용실에 가야겠다. 숏컷은 애매하게 길면 지저분한 게 흠이다. 한 번만 더 잘라야겠다. 쌈박한 숏컷으로.

나의 전작 장편 『발버둥치다』에 이어 이번 『숏컷』도 결국은 의지를 곧추세우겠다는 투지의 변주이다. 같은 노래가 반복되는 것 같지만, 이는 우리가 수천 년 동안 사랑 이야기를 되새김질하고 있는 것과 크게 다르지 않으리라. 의지는 사랑의 불꽃을 살려 내는 발화점이니 결국 사랑의 내핵이라 할 수 있겠다. 살아 있는 자는 불꽃을 피우기 마련이니 오늘도 애써 힘을 모아 본다. I will.

더디게 시작되는 2021년 여름을 앞두고
박하령

# 숏컷

© 박하령, 2021

초판 1쇄 발행일 | 2021년 7월 12일
초판 5쇄 발행일 | 2022년 12월 1일

지은이 | 박하령
펴낸이 | 정은영

펴낸곳 | (주)자음과모음
출판등록 | 2001년 11월 28일 제2001-000259호
주　소 | 10881 경기도 파주시 회동길 325-20
전　화 | 편집부 (02)324-2347, 경영지원부 (02)325-6047
팩　스 | 편집부 (02)324-2348, 경영지원부 (02)2648-1311
이메일 | jamoteen@jamobook.com
블로그 | blog.naver.com/jamogenius

ISBN 978-89-544-4740-9(43810)